千寻 与世界相遇

千 Neverend 寻

总 策 划　杨旭恒
选题策划　千寻 Neverend
项目编辑　云海燕
版权编辑　张烨洲
装帧设计　木
内文排版　史明明
责任印制　盛　杰
营销编辑　火　包

〔英〕本·贝利·史密斯 著
冯诺 译

SOMETHING I SAID

我所说的话

云南出版集团 晨光出版社

献给卢克，一个懂幽默的人

目录
contents

“卡迈克尔，是不是任何事情对你来说都是玩笑？”

第一章

生活是个玩笑

“卡迈克尔，是不是任何事情对你来说都是玩笑？”

啧。

这个问题。

又来。

我不知道怎么描述叹气，但此时此刻，我写这句话的时候就正在叹气。

那天下午，在学校再次听到这个问题时，我觉得我这辈子都在被问同样的问题，至少我在地球生活的近十四年里，大部分时间都是如此。

而我回首一生，觉得生活有点儿像可笑的消遣。

生活

· 睡醒：为什么？睡觉多爽。

· 上学：穿上小西装（奇怪），冒雨（可能吧，因为这里是伦敦）去一栋建筑，学习什么长除法、分离不定词、怎么烘焙岩石蛋糕[1]，以及你这辈子也不用知道的别的东西。

- 回家：跟你爸妈聊聊今天发生的事情（呕）。
- 明天：重复一模一样的事情。

相当荒谬。你不得不笑这种荒谬，对吧？我想说的是，如果你不嘲笑它，又怎么才能从中幸存呢？

“是不是任何事情对你来说都是玩笑？”

有时候我会想，我还是婴儿的时候，有没有人这么问过我。我确切地记得，妈妈在我五岁左右时问过。我哥哥马尔基的冰激凌不小心掉到了一坨狗屎上，我笑着说：“能用三秒钟规则吗？”

每次薯片掉在厨房的地板上，或者葡萄掉在博物馆的地上什么的，我妈总会说三秒钟规则。她鼓励我们，在零食沾染尘世的疾病之前，要把它捡起来吃掉，所以我五岁的大脑认为这是一个有趣的生活洞察梗。但她不这么觉得。她说我这是记仇。

文字是重要的。

文字能震惊你、伤害你、逗笑你。

文字充满力量。

实际上，文字拥有改变你生活的力量，永久地改变。

鉴于文字之重要，你会觉得我们得认识所有我们需要的文

[1] 一种小而硬的水果蛋糕，粗糙的表面类似于岩石。

字，对吧？但是，如果你睁开眼睛、竖起耳朵，你每天都会发现新的文字。

比如“记仇”（vindictive）。

那一刻，我不得不问妈妈记仇是什么意思。（各位看官，我那时才五岁，要求别那么高！）她说意思是我刻薄了，我尽全力解释，在我嘲笑哥哥的遭遇之前，发生了她没看到的事情。不幸的是，在我学龄前的词汇储备中，少了几个关键单词：前因后果（context）和业报（karma）。

当然，我深知前因后果就像一张图的外框，它给了你编故事需要的全部因素，帮助你更清晰地聚焦在它身上。

业报说的是因果报应：做好事，就可能得好运；干坏事，就可能中噩运。

如果我能回到那一天，回到那个公园外面，五岁的我和七岁的哥哥在九月初清朗的阳光下，舔着蘸满草莓酱的巧克力棒冰激凌，我会对妈妈说：“别激动，妈妈，这就叫业报。我来给你说一点儿前因后果，让你知道我不是在记仇。”

然后，我会滔滔不绝地描述马尔基是怎么拱我的肩膀，想把我的冰激凌弄掉，而这种恶行正是我哥哥经常干且乐此不疲的事情。

于是，马尔基因为拱得太用力，失手弄掉了自己的“冰冻奖杯”，它不仅奔着地面而去，而且径直钻入腐臭的、苍蝇满布的不归之地。是的，我笑了。我开怀大笑，说出了最刺人的回击——一句泰勒家的名言，并赋予它终极的幽默和正当的复仇。

啊，你最好是相信——如果我当时知道的跟我现在知道的一样多，我会像辩论冠军一样捍卫自己。不幸的是，我当时只有五岁，只能大哭："我没有记仇！"

"是不是任何事情对你来说都是玩笑？"

是的，上小学后，大部分时间里我都能听到这句话。比如五年级的年级大会上我笑了，因为马吉德得了全勤奖，结果因为要去看牙而没法儿前来领奖；三年级的时候，因为地铁中央线严重延迟，我们错过了伦敦交通博物馆的参观时间，我也笑了。

我的笑声不受老师待见，这很奇怪，因为我并不是在嘲笑别人的苦难或者噩运，我是在嘲笑当时情况的讽刺意味。这其实是一种无比成熟的幽默形式——谢谢——在我看来，这应该受到赞扬和鼓励。

初中的前两年跟小学的后两年差不多：生活已经成了让我觉得有趣的一系列事件，但大部分成年人并不觉得有趣。

那孩子怎么认为呢？我不想自吹牛皮（不过从卫生角度来说，我们都应该吹自己的牛皮？），但在让其他孩子笑这方面，我算是个人物。想获得欢笑，找我就对了。好生差生都会邀请我参加派对和游玩，与我一起吃午饭，带我一起混——我想原因是，如果我在场，有趣的事情就有可能发生。我确确实实是一个有趣且受欢迎的人。

学校里的大部分时光只能称得上是生存。为了生存，你需要身份，我就有一个——在整个八年级，这一身份广为人知，广受赞誉。

我的专长是说出大多数孩子想大声说但说不出来的话。因为如果你在动手做科学实验的时候，拿着两盏燃烧着的本生灯[1]，大喊："吾乃地狱火之神！"你很容易就会被罚放学留校，然后跟科学部部长克拉克森老师上一小时无聊到让人痛不欲生的安全课程。

值了。

听着。我不想假装自己是那种酷小孩，我速度不是最快的，球场上守门、防守、进攻的能力都不及一般人；我不是最帅的，女孩从来不喜欢我；在"运动健将"的排名榜里，我无疑是垫底的。但是在"哇，你记得那一次吗？"这一独特联赛里，我每个赛季都是第一名。我在这方面的数据令人咂舌。

在"双门数学[2]中无必要的爆笑"领域，我是无可争议的

[1] 科学实验室常用的高温加热工具之一。

[2] 英文为Double Maths，是英国中等教育证书（GCSE）课程中的两门数学课（A级数学、进阶数学A级）的合称，对数学有强烈兴趣的学生会同时学这两门课。

王者。（“伙计们，我搞定代数问题了！我 + 数学 = Y！ Y就是Why，为什么，Why？”[1]）

在“对霸凌者的风趣回击”领域，我是大哥大。（“好吧，杰克，严格来说，如果你‘要把我当早餐吃掉’，最早也得是明天早上。你的档期怎么样？”）

在“对老师的阴阳怪气评论”领域，我也无与伦比。（“老师，您实现了人生目标和理想，当上了体育老师，请问您感受如何呢？”）

挖苦讽刺比较恶毒，也相当低端，所以我尽量只对罪有应得的人使用。但有时候也会脱口而出。如果杰金斯老师让你在雨里做俯卧撑并以此为乐，你肯定也会不假思索地挖苦两句，对吧？

我非常喜欢玩文字游戏，但我一生的挚爱还是闹剧。真实的行动发生于偶然，通常跟某人的屎、尿、摔有关——最理想的是兼而有之。他可以是任何人，甚至是我自己。

别误会。我并不介意成为别人的笑料。在我没有捉弄蠢蛋的时候，我完全愿意成为被捉弄的对象。

话说回来，闹剧算是我此时此刻身处此地的原因。

十四分钟之前：

---

[1] 这里的意思是说“我”碰到数学就会问“为什么”，因为数学对“我”来说太难了。

如你所见，我和八年级地理课上的同学以及总是绷着神经的斯蒂尔曼老师正在操场上识别不同种类的云。她冲着一个意兴阑珊的迪恩·詹姆斯[1]似的云大喊："雨云！雨云！"就在我们看过去的时候，一只鸽子径直朝她的脸飞去。

同学们压抑的笑声、斯蒂尔曼老师疯狂的尖叫声退却之后，在一阵奇妙的沉默之中，我说了话。

就在此时：

"卡迈克尔，是不是任何事情对你来说都是玩笑？"

斯蒂尔曼老师低下头，抬起眉毛，喊我那诚然荒谬的名字，试图用此骗取我的回应。

我低头看着自己的脚，一方面是展示那种表达"我真是太抱歉了，我甚至不该存在"的肢体语言，但更主要的是避免眼神接触，跟她以及年级主任弗伦奇先生——她刚刚把我拽进他的办公室。

"是这样吗？"

我本来想说的是：

不，不是任何事情。但很多事情都很有趣，只是好像没有人愿意承认它们有趣。我是说，如果你真诚地问我，你无缘无故冲一个孩子大喊大叫时，被一只蝙蝠迎头撞上，我是不是觉得有趣？或者，你真的是在质问我，当你惊慌失措，然后鸽子

[1] 美国职业棒球大联盟中的黑人运动员。

也跟着慌了，在你的写字板上拉了一片屎，我是不是觉得这像个笑话？抱歉，答案是没错。生活充满了愚蠢的笑话，而我会享受它们。我错了吗？这让我变成禽兽了吗，斯蒂尔曼老师？让了吗？

实际上我说的是：

“不是。”

“我可能会被弄瞎啊！”斯蒂尔曼老师喊道，试图勾起弗伦奇老师同等的愤怒。“天知道会感染什么鬼细菌。大多数人会跑过来问我——‘你没事吧，斯蒂尔曼老师？’‘要我叫人帮忙吗，斯蒂尔曼老师？’但没有，卡迈克尔没有这样。你知道他的反应是什么吗？”

她跟演戏似的停了下来，弗伦奇老师扬起眉毛，像是在说：“不知道，什么反应？”

“他说，看到没？连大自然都讨厌地理。”

年级主任表演了一个情不自禁的吞咽加咳嗽，深深地吸了一口气，像是在吸一根隐形的吸管，然后望向他的同事：“谢谢你，斯蒂尔曼老师。下面交给我处理吧。”

她点点头，从我边上擦身而过，在办公室门口停了下来。

“等他学会怎么严肃地对待生活之后，再让他回到我的课上。”

我盯着她身后关上了的门。弗伦奇老师沉默片刻，然后从桌子后面的陈列柜里取出一份文件打开，边说话边在文件上敲着。

“米勒老师的英语课上有个学生——她到我这来大谈特谈他，说他专注、自信、投入、能力出众……总而言之，就是让她教得很开心。你知道他叫什么吗？叫卡迈克尔。我听到后想，还真是无巧不成书啊？两个孩子同龄、同班，还同有一个不常见的名字——卡迈克尔！另一个卡迈克尔是什么样的呢？成绩不断下滑，态度一直恶劣，很不尊重其他所有的科目及老师。”

他翻了一页文件。

“所以我拿出通讯录，向卡迈克尔一号的父母发了一封表扬信，向卡迈克尔二号的父母发了第三次行为警告。你猜怎么着？”

他挥着我的个人信息表，表的右上角印着我的学校证件照，照片里的我做着微妙的滑稽表情——鼻孔微微张着，眼睛微微有点儿斗鸡眼。人们说不应该在拍证件照的时候笑，但是板着脸从来不是我的style，所以我会临场发挥。弗伦奇老师举着个人信息表的时候，我表情周正，但内心已经笑开了花。

“老师，我可以——”

“我们学校非常重视尊重，小卡。我不得不在马上要写的邮件里再次向你的父母重申这一点。另外，你何不花点儿时间跟另一个卡迈克尔相处相处呢？我听说他有非常棒的影响力。”

弗伦奇老师佯装了一个不算笑容的笑容，示意我出去。我点点头，拖着腿出了门。

挖苦讽刺。

呵。

智慧的最低形式。

第二章

小卡，是的，卡车的卡

我站在韦恩布利奇中学一楼男厕的镜子前，微微皱着鼻子，像往常一样，用嘴巴呼吸，原因是：这里是男厕。

我盯着镜子里的自己，思索着。

在香水和发胶广告里，光鲜的模特看向镜头，像是在说：“嘿，没办法，我就是这么天生丽质。”

在一遍遍重拍、修图、删除，然后又重新发布的自拍照里，人们的姿势像是在说：“是的，这就是我那好看的脸，我想你也会觉得它很好看的——欣赏吧，整个世界。”

在电影里，演员越过镜头，像是在说：“我已经知道我有多好看了，我甚至不需要跟你对视——来多看看这美丽的右耳。”

但是当我透过脏兮兮、画满涂鸦的镜子，近距离地看着自己时，我拍了拍自己桀骜不驯、鸟窝似的头发，像是在说：“就这样吧，没办法。”

好了，听着——我不是滴水嘴兽[1]，也不是超模。我该怎么

[1] 建筑输水管道喷口终端的一种雕饰。

跟你形容呢？我的长相就像我的幽默一样——认可度不够。

十三岁零九个月的年纪，我比同龄人要矮；淡棕色的圆脸上满是雀斑，眼睛里有淡褐色和绿色的奇特旋涡；还有一头不服管教的姜黄色卷发。

这是我爸妈的错。

你有没有想过，一个来自格林纳达的黑人女子，和一个来自阿伯丁的白人男子生了孩子，会发生什么呢？呃，答案是，没有答案。

我和十五岁的哥哥马尔基看上去截然不同。不一样得几乎有些怪异了。感觉我们俩其中一个是从灌木丛里捡来的。马尔基肤色更黑，眼睛是深棕色，黑发微卷而服帖，有运动健将般有棱有角、刀刻似的面部特征。尽管这让我恼火，但他确实如此。

我倒是希望马尔基才是从灌木丛里捡来的可怜孩子，但让我们俩外表有差异的原因很简单：马尔基像我妈，而我像我爸。我妈，身材娇小、面容年轻的乔斯琳·泰勒，面部光滑无痘，被永恒的加勒比阳光亲吻着；而我爸，让我想到了阿伯丁市中心粗糙的花岗岩石块，饱经风霜，不见阳光，蓝灰色的眼睛被一头红色卷毛遮住，他身高约一米九三，瘦长而笨拙，看上去就像一根着了火的苏格兰路灯杆。

他俩站在一起，看着一点儿也不登对。

我遗传了我爸的一切，除了身高——这一点，我“幸运地”遗传了我妈，她也就比伊沃克人[1]高出一个非洲头巾吧。真是谢谢您二老了。

然后就是我的名字。

名字，名字，名字。

卡迈克尔（Carmichael）。

呕。

我之所以叫卡迈克尔，是因为我爸妈是笨蛋。

我一直怀疑很多父母都是笨蛋。他们一天到晚搜索“独特”“不寻常”的名字，结果却让自己的孩子因此被人贬损，而孩子们小的时候其实只想融入。

简单的起名规则：

- 小孩不想要跟某个身体器官押韵的名字。跟我一起踢球的彼得，永远都被人叫成“小脚皮”[2]；我的科学课同学罗丝被人叫“大鼻子罗丝”（Big Nose Rose）——其实她的鼻子比一般人的小，但说实话，她确实超爱到处嗅八卦；我们班的以赛亚可能以为他能幸免于难，直到我们发现他姓克拉托克[3]。

[1] 美国经典影片《星球大战》中的外星种族之一，身高矮小，只有一米左右。
[2] 彼得（Peter）的昵称是Pete（皮特），与小脚（tiny feet）押韵。
[3] 克拉托克的英文Cluttock跟cock（男性生殖器）、buttock（屁股）等词押韵。

• 小孩不想要品牌当名字。我的小学同学有叫迪奥和香奈儿的——你怎么不给你孩子起名叫锐步呢，至少听起来好玩。

• 小孩也真的真的不想要来自苏格兰的曾曾曾祖父的名字，有谣言说他是第一个想到把罂粟籽[1]放在圆面包上的人，但没有得到承认，也没有从中收到一分钱。而现在他的曾曾曾孙还穿着去年冬天的彪马鞋，右脚的鞋底已经快掉了。

但是，最终我对这些东西的态度还是模棱两可的。没错，模棱两可。一个有多种用途的小词，意思是对某个东西情感复杂。模棱两可就是非此非彼，似乎是形容既不像妈妈也不像爸爸的完美方式。

名字是个完美的例子。此时此刻，我明白其中可能也有我的错。老实说，七年级的时候我有重塑自我的机会，用我名字中正常的那部分，把它变成“迈克尔”（Michael）或者“迈克”（Mike），但我没有。部分原因是我疏忽了，部分原因是四五个跟我从小学就是同学的朋友——其中包括我最好的哥们儿亚历克丝·肯博——一直喊我小卡（Car），现在木已成舟；再加上我的舅舅兰总是叫我“卡姆”（Carm），但我的行为常常又跟

[1] 一些国家将罂粟籽用作调味料，罂粟籽圆面包就是一种流行面点。在我国，将未经灭活的罂粟籽用于市场销售和普通食品加工是违法行为。

冷静（calm）[1] 无关，所以这个名字我还挺喜欢的，我们俩都觉得这个昵称带点儿反讽意味，是文字爱好者会喜欢的那种。

我记得我跟他讲过一个我被课后留校的故事。有一次，我在科学楼刚打过蜡的走廊地面上滑行，结果发现自己停不下来了，身体不受控制地撞向手工双螺旋结构A级展示区，把一个学期里用混凝纸制作的DNA结构摧毁了。

“卡姆，你让我想起了我跟你一样大的时候，”他说，“容易头脑发热。”

我皱起了脸。

“容易，就是有某种强烈的倾向。在你身上这种倾向就是头脑发热——突然间就作了一个略显疯狂的决定。你外公过去也这么说我。”

也就是不够“Carm”[2] 喽。

好吧。

所以我对自己的名字也渐渐模棱两可了。我的外表？怎么说呢，毕竟我可是住在伦敦，这里的每个人看上去、听上去都不同，所以……那又怎么样呢？

是的——我的身高、我的脸、我的名字都可以说是奇特的，

[1] Carm和calm在英式英语中的读音是一样的。——译者注

[2] 此处为一语双关，既表示昵称Carm（卡姆），也表示同音的calm（冷静）。——译者注

有些愚蠢的对手会随时用这些来攻击我（“哈哈！小卡？你是哪种‘Car’啊？迷你车吗？哈哈哈。”真是天才呢），但你知道吗？我正是为这些时刻而生。在我看来，在韦恩布利奇，没有人的嘴巴比我的嘴巴更聪明、更敏捷、更毒辣。所以，一旦有人想挑战我，我的预备姿势基本上就是：

放

马

过

来!

第三章

抓住我

我从男厕出来，走进六月下午的阳光里。韦恩布利奇中学的操场沐浴着柔和的阳光，仿佛在和我们一起庆祝下午三点半[1]的到来。

亚历克丝·肯博靠在体育馆外墙上等我，戴着墨镜，双臂抱在胸前，一条腿弯着，脚贴在墙上，对路过的每个人都轻轻地点点头，用低沉的猛男声音咕哝道："你好啊？"亚力克丝就像你在商店外面看到的那些似乎认识街区所有人的哥们儿，不过大多数从亚历克丝旁边路过的孩子都一脸困惑。一起上历史课的同学贝尔坎路过时，亚历克丝冲他点点头。

"你好啊，布莱恩？"

"我叫贝尔坎。"

"好的，好的。你好啊，哈格里夫斯老师。"

"学校里别戴墨镜，亚历克丝。"

"好的，老师。"

[1] 下午三点半是英国公立学校的放学时间。

看到老朋友的行径，我笑了。阳光下，很容易看到亚历克丝有一张人见人爱的脸，胖乎乎，红扑扑，一双蓝眼睛光溜溜的，散发着积极的能量，头发则是垂到下巴的金发，蓬松、柔顺，虱子分分钟可能从里面滑出来。回到我们的学前班时代吧。那时我常常熬到半夜，我爸妈为了缓解疲惫，会畅饮一瓶葡萄酒。

但从我们五岁开始，什么虱子传染、霸凌、新的小团体、搬家，都不能让我们俩分开。

我们从来不吵架。

事实上，我们俩最大的分歧正是让我们如此亲密的原因：亚历克丝是乐观主义者，而我是愤世嫉俗者。举个例子，亚历克丝可以因为天气晴朗就格外高兴地庆祝一番；而我则会庆祝午饭时间天公作美，让那帮总是嘲笑我头发的九年级女生的操场舞蹈表演泡汤。

亚历克丝把人往好处想，而我总觉得人会令我失望，不论是现在还是不久的将来。我们俩都爱说大话，如果你见过我们，你可能会觉得我很敏锐，而亚历克丝比较心不在焉，但实际上，亚历克丝比我更能感知事物。

刚上八年级时，艺术课老师教我们创作自画像，索尔特老师敦促我们要“定义和表达你们自己的特质——你们性格中最重要的品质或特征”。我最好的伙伴总是觉得这样的任务棘手，因为在普通旁观者的眼中，亚历克丝最明显的特质，一直以来都被视为男孩子的标配。

但亚历克丝不是男生。

和我一样，亚历克丝（Alex）是昵称，她的全名叫亚历山德拉（Alexandra）。她的特质有：在公众场合找准最佳时机放屁；顶着在有些人看来“男孩子气”的发型；因为踢足球，她的裤子上总是沾着草；她始终热爱搞怪，而且永远一副开开心心的做派，这一点让学校同学不论男女都颇感迷惑。很多人以为她想当个男生，或者想亲女生，但对亚历克丝来说，事情并没有那么复杂。她喜欢当女生，她最好的朋友是男生，在生活中，她只是想做感觉良好和正确的事情。

老实说，我觉得亚历克丝的特质相当酷，而且我们俩完全理解对方。

我朝她走过去，看着亚历克丝的表演笑了起来：“你在干什么？”

她的声音回到了平常的调调：“正在尝试一种新站姿。”

“为什么？”

“在一部美国高中题材电影里，有一个男生在走廊就是这么站的，路过的人都跟他击掌。”

“截至目前有多少人跟你击掌了？”

“一个都没有。”

我们都笑了，我安慰性地跟她碰了碰拳[1]。

“可别再说我从来不帮你的忙了。”

我们走出大门，穿过马路，在一个拥挤的公交站停了下来。亚历克丝给了我一块泡泡糖。

“弗伦奇老师说了什么？”

“就平常那些话。”

“会通知你爸妈吗？”

“已经通知了。”

亚历克丝吹了个泡泡，一直吹到泡泡炸开。

“你太惨了。”

我耸了耸肩。

“在我看来，学校……学校就是一种加工过程，一种收窄你兴趣范围的加工过程。”

亚历克丝皱了皱眉头，充满疑问，于是我继续说道：“一开始你什么都学，对吧？你懂的，没有什么意义的东西，比如地理。后来你把那些累赘都丢掉，只剩下九门 GCSE 课程[2]，然后你再选择三个 A 级课程。最终上大学后，你只要学一门专业，也就

[1] 碰拳（fist bump）和击掌（high five）都是英美年轻人打招呼的方式。

[2] 即英国中等教育证书课程，为期两年，是大部分英国中学十年级和十一年级学生的必修课程，涵盖数十门科目，通常学生会选择其中九至十三门进行学习，并在十一年级末参加 GCSE 考试，以报考高中。后文提到的 A 级课程是英国高中生的必修课程体系，为期两年。通常英联邦国家大学录取时，需要学生提供至少三门 A 级课程的考试成绩。

是你一开始最想要学的东西，对吧？”

“好……吧……”

“所以我到底是有什么问题呢？我是说，说真的，我的问题就是只擅长一个科目，对其他科目不怎么在乎，对吧？但如果你换一个角度来看，我远远比其他人超前……我只是更早地发现了我擅长的那个东西。”

我伸出双手，两个腕关节靠在一起，像是被手铐铐住一样，正处在自我陶醉中。我模仿出最好（也或者是最逊）的美国口音：“如果这让我变成了违法分子，法官大人，也许您应该把我关起来！但是，也许，也许我是对的，是您那可恶的整个司法系统错了！”

“哈，你觉得你爸妈会买你的账吗？”

“不会。”

我们俩都笑了，然后跳上了刚到站的 274 路公交车。

“看看这个。”亚历克丝说着拿出手机。她打开一个视频链接，我们都兴奋起来，一齐模仿美式口音喊道：“《这帮疯狂的孩子》！”

《这帮疯狂的孩子》是美国脱口秀节目《米西秀》中的一个板块，它只在白天在英国电视上播出，但可以在油管[1]上看

[1] 即欧美流行的视频网站 YouTube，“油管”是国内网友对其的诙谐称谓，“You”音似“油”，“tube”的中文意思是管道，故称。

到最新的片段，亚历克丝和我痴迷这个节目至少三年了。我们凑在小屏幕前面，看一个五岁大的小男孩唱阿黛尔的一首极其戏剧化的情歌——极其认真地煽情，极其认真地跑调。节目很搞笑。《米西秀》一直都很搞笑。

跟节目同名的主持人米西小姐曾经是喜剧演员，现在有了这档属于自己的脱口秀节目，内容浅显搞笑，地板闪闪发光，其中一大特色栏目，是世界各地的孩子干的一些疯狂的事情。我喜欢它的混乱，在那里一切都可能发生；未成年嘉宾那无法预测的天性，常常把米西小姐和她的观众震惊得沉默不语，或者狂笑不止。亚历克丝和我会抢着去找我们还没看过的视频，和同年级的其他学生分享我们最爱的片段。

“这种东西是写不出来的。”亚历克丝笑着说。

我身体前倾，按下了公交车上我座位旁的红色按钮。亚历克丝的脸色变得严峻，带着些许担忧。

“程度从一到十，你觉得情况有多糟？”

“大概是七吧。”我耸耸肩回答道，“我妈会吼一会儿，我爸会点点头，我忍忍就过去了。你觉得我连七这个程度也应付不了吗？”

亚历克丝笑了。

“有时候我想要一个程度七，”她说，“只是因为我感到无聊。

记得我在大街上发现的那块巨大的塑料板吗？”

“你把它放在厨房的入口了。”

我们都开始窃笑。

“我还存着视频呢，我爸……”

“当时你躲在冰箱后面……”

“他吹着口哨，然后——砰！”

我们哼着记忆中的调子，大笑起来。

“有些事情值得程度七！”

“是的。”我轻声笑道，朝车门走去。公交车在我下车的站点停了，我走下车，转过头向亚历克丝点点头。她起身朝车门走来，一边吹着口哨，一边模仿着视频里她爸的模样。她走到门口的时候，车门关闭了，她假装鼻子撞到了玻璃上，其他乘客好奇地盯着她。公交车再次出发，离开了我的视线。尽管我听不到也看不见她，但我知道她一定也在笑。

第四章
现实检测

我到了商业街，还在思考着程度七的状况，但我的思绪被干扰了：

“路是给车开的，伙计！人行道才是人走的地方！”

嘟嘟嘟嘟！！！

“草莓只要一英镑[1]啦！瞧一瞧，看一看！喂！来呀！”

呜呜呜呜！！！

“你晕了吗，老兄？”

“赛拉姆[2]，兄弟！”

吱吱吱吱！

“让一下！麻烦让一下！”

卡姆登永远不会安静下来。

这是伦敦北部向来喧闹的自治镇，以传奇音乐人、传奇朋克和传奇疯子闻名；这是那种政府总是想清理，但始终脏兮兮、

[1] 约为八元人民币。

[2] 穆斯林的问候语，平安之意。

乱糟糟的疯狂之地。

卡姆登令人恼怒，但同时又令人着迷。它永远也不会安静下来，这点我可太了解了。

我出生在伦敦卡姆登自治镇的伦敦大学学院附属医院，住在伦敦卡姆登自治镇皇后新月街区的三居室公寓里，上过伦敦卡姆登自治镇光明未来托儿所，上过伦敦卡姆登自治镇梅希纳小学，现在是与这所小学相隔甚远的伦敦卡姆登自治镇韦恩布利奇中学的学生。

是的，我绝对算是历经沧桑的人了。

我习惯了噪音，曾梦想过安静，但是每当安静袭来，我总是感到一种奇怪的不舒服。

当我离开商业街时，四周的音量慢慢降低，嘈杂声变成了嗡嗡声，同样的感觉袭击了我。我会突然变得小心翼翼。

转到我们那条街的时候，我短暂地停了一下。

是马尔基。

我皱了皱眉，放慢了速度。

兄弟姐妹之间的事是很奇怪的。在生活中的其他地方，你都可以跟同龄的孩子一起玩，玩腻了就离开；但兄弟姐妹，他们始终都在。对此你无能为力。他们可以嘲弄你，推搡你，你也可能礼尚往来。稳定的、相互的折磨，无处可逃，直到你长大成人，展翅高飞。最糟糕的是，其中无可辩驳、最恶心的一点是——呕——你们相亲相爱。但，当然，这没法儿大声说出来，也不能经常展现出来。

何以至此呢？表面上看，马尔基和我截然不同。他是运动型，我是书呆子型；他个子高，我个子矮；他傻里傻气，我脑子灵光。俗话说，我们就像粉笔与奶酪[1]，他绝对是奶酪。

注：为什么是粉笔与奶酪，而不是裤子与火鸡呢？或者球形门把手与甜甜圈？谁会吃了粉笔然后想：你知道这尝起来不像什么吗？奶酪。

不过我们俩的喜好也有交集，比如音乐。我的口味比马尔基更多元，但我们都喜欢英伦说唱和车库饶舌[2]。实际上，我喜欢的所有说唱和车库饶舌几乎都是从我哥的收藏里听到的；但并不是所有，马尔基歌单里的一些歌让我觉得很好笑。

每次我听斯多姆齐[3]暴躁地宣称"给植物浇水时我很小心"，我的脸上总能浮现笑容。我会问现实中是音乐人的舅舅兰，为什么我觉得这句歌词那么逗呢，他解释说是因为它很违和，也就是跟整首歌中其他的歌词不一样。斯多姆齐整首歌都在吹嘘自己的身体力量和在街头的威信，突然来了句照顾植物，让你

[1] 意思是截然不同。

[2] 21世纪初在东伦敦出现的一种音乐类型，英文为Grime。它由早期的英国电子音乐风格发展起来，同时也受到雷鬼乐和嘻哈等音乐类型的影响。

[3] 英国著名男歌手，是车库饶舌音乐的代表人物。

意想不到。

马尔基喜欢这些歌手的做作姿态、虚张声势、时尚潮流，而我喜欢他们的简洁得当。他们说故事，直击要点，感觉像是发自内心的，而且，会说脏话。漂亮。

所以，即便我们都喜欢说唱，这一共同点也成了争论的焦点——又一件值得争吵的事情。

他站在那里，脸上挂着讽刺的笑容，看着我朝家走去。他在和自己的“哼哈二将”戴恩和TJ玩，他们俩是总跟在他后面的“死忠粉”——他不耐烦地如此称呼他们。

这是我在回家路上能遇到的最糟糕的情形，因为马尔基在朋友面前总是更刻薄、更轻蔑，更爱展现自以为是的优越，而戴恩和TJ也总是屁颠颠地添油加醋。典型的挑事精，两人都是。

自从我认识“哼哈二将”开始，他们俩就不带我玩——除非我的参与能让他们借机贬低我。他们会嘲笑我和我的书，挑起我和马尔基之间的口头争执，仅仅是为了娱乐自己。我总是尽力应战，但通常只会让事态愈演愈烈。

而现在，我低下头掏出钥匙，朝我家那栋楼走去，我用眼角余光看到马尔基用胳膊肘顶了顶TJ，然后朝我这边点点头。

“哎！这不是生姜头忍者嘛！”

当我走向大门的时候，三个比我大的男孩哈哈大笑起来。我也点头回应，模仿他的语气：“哎！这不是桂冠诗人嘛！”

三个男生都皱起了眉头。马尔基看起来满脸狐疑。

“她是谁？”

戴恩用胳膊肘推了推马尔基的肋部。

“哥，他在说你是女孩呢！”

“桂冠是吧，”TJ 补充道，“那是女孩的名字[1]。”

马尔基的脸皱成一团，怒目而视。我暗自笑了——年纪比我大，长得比我好看，但不如我聪明。

我耸耸肩：“我跟你们说过别叫我生姜头忍者。”

马尔基从刚刚靠着的墙上起来，挺直了身子，带着一种威胁的语气说道：“哦，你跟我说过？你可啥也没跟我说啊，兄弟。”

“嗯，可能你说得对，”我假装明白了，“我最好还是跟和我智力同等的人一起玩。”

“哦！”TJ 捂着嘴，睁大眼，轻轻推了推马尔基。

“这话狠哪！”戴恩欢快地补充道。

“闭嘴吧你，进屋玩你的森贝儿家族玩具什么的吧。”

我冲他笑了笑，假装激动的样子。

“啊，谢了哥！你可从来没让我正常地碰过它们！”

我满足地诡秘一笑，从他们身旁走过，把马尔基留在戴恩和 TJ 的欢呼与嘲弄之中。

“天啊，他击中你了，哥们儿！你被那个红色天线宝宝击

[1] 桂冠的英文是 laureate，听起来有点儿像女生的名字。

败了！”

“哈哈哈！像波儿[1]一样的男的！不过这孩子还挺聪明的！”

“好了好了，随便吧。”马尔基嘟囔着，然后在我背后喊道：“对了，妈妈在家，老爸刚给她看了一些邮件什么的。”

我正在插前门钥匙，没有转身，停下了动作，我花了一秒钟闭上眼，微微露出痛苦的表情，没让马尔基看到。

“他们说什么‘等他到家再说’……等着享受吧！”

我转动钥匙，走进家门，动作就像我弯弯曲曲的非洲发型：小心翼翼的。

我家住在这栋一分为二的排屋的二楼。我爸妈说“排屋”这个词的时候，我总是觉得奇怪。主要是“排”（terraced）这个词听起来有点儿像“恐怖分子”（terrorist），或者是“恐怖”（terror）和“骚扰”（harassed）两个词的结合，所以它总让我觉得这些房子背后有骇人的故事，而不仅是一排完全相同的建筑物。

这房子大概是在我出生前一百二十年建造的，有时候我会想，我们没住在这里的那一百一十三年发生了什么。是不是曾经有其他的十三岁住民，像我一样为了言论自由而战？跟恶霸

[1] 红色天线宝宝的名字。

式的兄弟和不开明的父母作斗争？将浓烈且充满启发性的智慧的灵动水彩洒在灰暗的、乏味的油画布上？

可能是，也可能不是。

从一楼大厅一直到我家门口的阶梯上，排列着各式各样的购物袋。之所以有那么多各式各样的购物袋，是因为爸爸和妈妈其中哪一个要是从超市里带回来了不可回收的新塑料袋，肯定会被另一个长时间唠叨。我觉得，这种行为与其说是为了保护环境，不如说是已婚夫妇在享受那种凌驾于对方之上的小胜利。

所以，这里有各色超市购物袋、“生活袋”（Bags for Life）、旧的棉质肩包，甚至还有一个柳条篮，里面都装满了大采购的用品。最上面，也就是在开着门的门口，有一个绿色的网线袋，像是发光的渔网。

我把脑袋伸进门厅，看到爸爸在厨房台边弄电脑。我皱了皱眉，悄悄往屋里钻。这时妈妈关上冰箱门，从我边上走过去拿买回来的东西。

“嗨，妈。”

“这是正在绕开我们买的东西呢，小卡？”

典型的我妈，已经开始找我的茬了。

“嗯？不是，我——”

“就像你绕开地理课一样。弗伦奇老师又发来一封邮件。”

她冲我扬了扬眉毛，手里拎着两大袋东西。又是典型的我妈：小而有力。

“好吧，”我开口，“我来给你讲讲前因后果——”

妈妈再次打断我，她已经快走到厨房了。

“你知道吗？”

她把袋子重重地放在厨房台上，吓到了爸爸，然后回头招呼还在家门口磨磨蹭蹭的我。

“我刚上完两个夜班，可不想听你高谈阔论，说自己是怎么被误解的。别说你的前因后果了，帮我一个忙，学习，好吗？学习就行了。等你长大成人拿到了学历，你想说什么前因后果都行。行吗？”

“爸！”

“她说得对，小伙子。”他说。典型的我爸。

“说真的，小卡，你到底怎么回事？又是亚历克丝吗？是不是她怂恿你的？”

“这是什么意思？”

“她是不是也参与了这件和鸽子有关的荒唐事？我问了弗伦奇老师，他说你们俩是犯罪搭档。”

“你确定这不是你告诉他的吗？”

“我没必要！自从你上了学前班，但凡我听到或看到你干了什么蠢事，一定是和那个女孩一起。”

“就是一只鸽子飞到了某个老师的脸上，我开了个玩笑，然后就成亚历克丝的错了？”

“也许这次不是直接相关，但我敢肯定她怂恿你了。”

“妈，我不需要别人怂恿，我自己怂恿自己！”（这么说有点儿奇怪，但我的脾气上来了。）

“好吧。一年级，春季学期，你和亚历克丝把托儿所沙坑里的沙子捧进教师休息室，装进了老师们的大衣口袋里。”

“我记得这件事。”爸爸怀旧地笑了笑。

“这不好玩，斯图尔特！这是对权威缺乏尊重！你知道我怎么想吗？我认为你做这些事是为了取悦她。”

我嗤之以鼻，但没说话。没意义，妈妈正在气头上。

“就因为她在往……不论她往哪个方向，你不用跟她一起。”

好吧，且慢。

“妈，你在说什么呢？你说得好像她参加了什么飞车党似的。”

“你不觉得这些破事儿会影响你的成绩吗？”

“你看到我英文上获得的称赞了吗？我坐在亚历克丝边上一整年，你觉得我是怎么得到的呢？”

“是，你爸也给我看了，我很高兴你英文学得不错，我发自内心的高兴，但是学校里可不只有你的好朋友，也绝不只有英文这一门课！就算你只喜欢这一门，你也不能不尊重别的课和老师！”

我能感觉到我的脸在发烫。我不是那种暴躁的人，但是我也有脾气——每个人都有脾气，对吧？我通常只是在家里发脾气，在学校里我很少生气，即便是非常不爽的时候。

当弗伦奇老师说我成绩不行的时候，我就把注意力放在他的小胡子上，想着：现在谁还留小胡子啊？就这么孤零零的一小撮，没有络腮胡，仿佛在召唤人过来看的小胡子。

但一旦牵涉家人？就像柴火上浇汽油——我一点就着。

现在是这样：就像火柴头突然间划出橘色火焰，我开始吼叫。

“把精力放在我真正擅长的事情上面，怎么就不尊重了？也许我在这上面天赋异禀呢！天赋！异禀！你想没想过？”

“你是在跟我发脾气吗，卡迈克尔？”

全名警告。

“我倒是想尝尝这个天赋异饼[1]。”爸爸哀叹道。

“天赋异禀和目中无人是有区别的，小卡。”妈妈反击道。此时马尔基出现在家门口，脸上透着一股志愿者般的柔软神情，手上拎着四个购物袋。四个，呕。

“可别让冷冻食品化了。”他叽叽喳喳道。对于这种精心算

[1] 原文中故意将“天赋异禀”的原文 gifted and talented 简称为 G&T，G&T 同时也是一种著名酒饮料金汤力，这里做了本土化处理。——译者注

计、恰到好处的表演，我投以厌恶的目光。

“谢谢你，亲爱的。”妈妈说。马尔基笑着从我们身边匆匆跑过，回头背着妈妈冲我一笑。**真是一个大骗子。**

“你在学校可不算‘厉害’。”

“我从没这么说过！”

“把剩下的袋子拎进来吧，好吗？还是说你厉害到这事也不用做了？”

这就伤人了。爸爸也注意到了。

“乔斯[1]……”

那件事就在此时发生了。我并不为此自豪，我只是没想到。但我的身体温度飙升，我不知道该说什么话了，有时候在家里我就会这样。**文字**——我唯一的超能力。这个家就是我的氪[2]。我只剩下纯粹的愤怒了。

于是那件事发生了。

是的。

我踢了一只鸡。

[1] 妈妈的昵称。

[2] 超人等故事中的化学元素，超人若接近此元素即丧失超常能力。

第五章

不要踢鸡

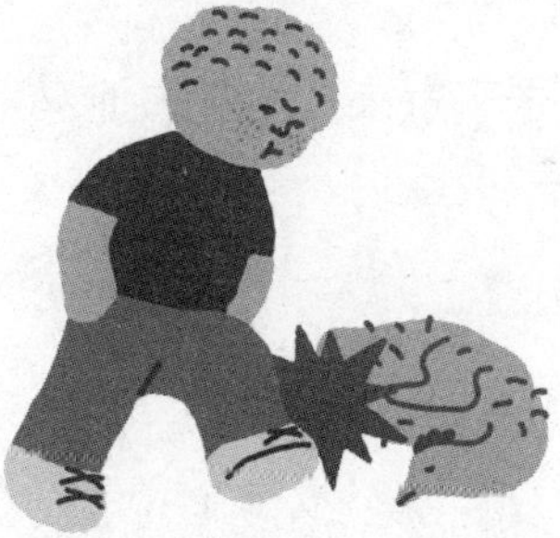

你可能已经猜到了，这不是一只毫无防备的活鸡——在某个下午溜达时，经过泰勒家，谁也没招惹，结果被一个暴力的、讨厌鸡的姜黄色头发的男孩无情地踢飞。

但它确确实实是一只鸡。一只被拔了毛、死翘翘了的鸡，可能是周末用来烤的，它坐在门口的绿色网线袋里，不是谁也没招惹，而是没法儿招惹谁，因为毫无疑问，它是这个不幸的“砍头行业”里的受害者。

这只鸡被踢后几乎没动。

它只是发出了一声令人满足的“砰”，也让我的右脚大拇指产生剧痛。老实说，它比我想象的重：我当场就后悔给自己造成了身体疼痛。

但戏剧效果拉满了。

妈妈睁大了眼睛。

“小卡！”

她冲厨房喊。

“斯图，他刚刚踢了那只鸡！”

爸爸终于放弃了居家办公，缓缓走了过来，瘦长的他双手叉腰。

“这可不酷啊，伙计。不酷。”

“回你房间冷静一下。就现在！”

“好得很！”

我怒气冲冲地回到房间，用力地关上门。

马尔基乐在其中。

我重重地摔在床上，愤怒地听着外面的后续。

妈妈先开了口：“谁会踢鸡啊？”

“荷尔蒙，大量荷尔蒙在作祟。”爸爸半是同意地说。

“我知道，但是……”

我在等待马尔基的战术性介入。

“我不记得我曾经踢过家庭晚餐。”

没有，马尔基，你总是那么完美，不是吗？

“你们知道吧，有些肉很适合击打。他这么做反倒是让肉质变嫩了。”

谢谢你，爸爸……我想。

“这不好玩，斯图。总是发生这种事。如果他一直这样，年底之前他会遇到大麻烦。他得集中精力。”

我听到了手指发出的愉悦的咔嗒声。

“寄宿学校！把他送去寄宿学校。比如在……苏格兰什么的。”

闭嘴吧！马尔基。

爸爸叹了一口气。

“没什么用的，马尔科姆[1]。我想，或许他只是需要在某些学术性的东西上多下点儿功夫？”

“我不知道，也许吧。”妈妈听起来疲惫了，继而有些暴躁，“GCSE 不就值得他下功夫吗？”

“当然值得，但不只是这些，是那种能把……享受带进学业里的。”

“我得跟他的英文老师说说，她似乎是最能激发他的……”

“或者他的体育老师。”爸爸补充说，“我的意思是，显然他的右脚挺厉害——看看那只鸡的右翼！”

“哈哈，这个梗不错，爸爸。”

“呕。一群小丑！我被一群男小丑包围了！”

我听够了。我把耳机插入手机。我太生气了，没心情选歌，但想与整个世界隔绝，于是我让整个音乐库循环播放，等待某个愤怒的说唱歌手或嘶吼的摇滚主唱轰炸我。

当卡尔文·哈里斯那最有夏日感、最甜蜜、最友好的“女孩加油”式的声音突然变成凯蒂·佩里告诉我不要“害怕抓住

[1] 马尔科姆（Malcolm）是马尔基（Malky）的完整拼法。

感觉”[1] 的时候，我厌恶地扯下耳机，给亚历克丝发了信息。

强大的小卡：

你的家人也这么烦人吗？

顶级女孩阿亚：

我懂你。

我想是因为你不能像选择朋友一样选择家人。

强大的小卡：

那我为啥选了你呢？笑死。

顶级女孩阿亚：

哈哈哈哈哈哈哈。

明天两节英文课 * 面无表情的表情 *

强大的小卡：

我的快乐老家 * 脸上有心形的表情 *

[1] 此句歌词出自卡尔文·哈里斯制作，凯蒂·佩里（Katy Perry）参与合唱的歌曲《感觉》（*Feels*）。

顶级女孩阿亚：

我得去吃晚饭了。

强大的小卡：

吃的啥？

顶级女孩阿亚：

蟾蜍在洞[1]。

听起来很恶心。

是不是？

* 流口水的表情 *

你呢？

强大的小卡：

可能不吃。

我踢了一只鸡。

顶级女孩阿亚：

哈哈哈哈哈哈哈

等一下。

[1] 英文为toad in the hole，是一道英国常见菜肴，将香肠放在约克夏布丁里制作而成。

你说啥?

强大的小卡:

[正在输入……]

[不在输入]

[正在输入……]

[不在输入]

顶级女孩阿亚:

?

强大的小卡:

明天跟你说。

顶级女孩阿亚:

* 一张卡通猛兽在突然爆炸之前挥手告别的动图 *

第六章

还是那个人

“简直太尴尬了。”第二天，在我们转弯走上书恩布利奇路的时候，亚历克丝听完昨晚的完整故事，摇着头说。

“嗯……”我点了点头，尽管对“简直”（literally）这个词的过度使用有点儿反感。

严格来说，很难说亚历克丝对这个词的用法有什么问题，鉴于它本来就是跟一个流行词“尬”（peak）——意思是极度棘手——放在一起用的。昨晚发生的事情，真的是“简直棘手”吗？你可以说是。但无论如何，“简直”这个词孩子们用的是不是太多了？可能不是这个世界上的所有孩子都在用，也不是每一分钟都在用，但非常频繁[1]，你能懂吧？

关键是，我不爽，而且很饿——这俩放在一起可没什么好事。

前一晚我没出房间吃晚饭，早上为了避免发生进一步冲突，

[1] 此句原文作者用了很多 literally 及其变体 literal，目的就是讽刺这个词的滥用。——译者注

我没吃早饭就出了门。

“可能会更糟。”亚历克丝说。

“嗯？”

“嗯，比方说，如果你的脚卡在鸡里了怎么办？”

“啥？”

“你踢鸡的时候，如果你的脚卡在鸡的身体里，那就更糟了。你正在严肃地表达观点，但同时一只脚上卡着一只白条鸡到处踩来踩去，那会让你完全没有威慑力。”

“我想会……稍微有点儿糟？”

“可能还有比这更糟的。”

“好吧……”

“比如说卡住了弄不下来。鸡肉太生了，很难割开，于是你不得不躺下来，把脚放进烤箱里烤。你的脚不会被烤到，因为被鸡肉包裹着，但是会不会变烫呢？哦，会变烫，变得非常烫。毕竟是烤箱。”

“啥？”

“没错。现在你慌了，汗水涌进你的眼睛里——要是出什么差错，脚可能都没了。你完成了烹饪，但你还是得饱受侮辱，你坐在椅子上，把脚放在桌子上，你爸爸小心翼翼地切开你脚上的鸡。”

“然后全家人围坐在桌边谢恩？”

我忍不住窃笑。亚历克丝也笑了起来。

“上苍，我们感谢你施舍的这只丰盛的脚。”

我们开怀大笑。

干得不错，亚历克丝。

“干啥呢，‘三默一体’？”我们在校门口碰到泰勒、默和梅迈特时，亚历克丝说道，然后我们相互击拳问好。

我们叫他们“三默一体”，是因为“默”是穆罕默德的缩写，梅迈特在土耳其语中是穆罕默德的意思；在不上学的时候，泰勒会虔诚地穿着印有“萨拉赫”的利物浦球衣——这位足球运动员的名字是穆罕默德，常被人叫作“默”，他是泰勒的英雄。

“没干啥。”默说道。

“你们俩怎么样？”梅迈特问。

“小卡踢了一只鸡。”亚历克丝煞有介事地说。我就知道这件事保密不会超过三十秒。

“啥？”泰勒哼着鼻子说。

“老兄，你是在虐待动物吗？”

“等一下，等一下——是有前因后果的……”在我们走向操场的时候，我开始说道。

“这哥们儿，”默大笑着说，拍了拍我的肩膀，“总是笑死我，你们懂吧！”

“真牛！”梅迈特补充道，带着无声的敬意摇了摇头。

“小卡！”同级的两个女生纳塔莉和哈妮从我们面前穿过。

“你给纳塔莉做的，能在我手机上也弄一下吗？”哈妮激动地说。

我在课余时间给同学们做了一系列的语音信息来模仿不同的人物。“我是科米蛙[1]，恐怕米利这会儿接不了电话——”你懂的，类似这种蠢事。我愿意接受任何零食当报酬，除了小树枝和里斯花生酱糖[2]。哈妮递来一根士力架。赞！早饭。我耸耸肩，装作压根儿不在意它能阻止我痛着的肚子里发出的声响一样。

“想要弗伦奇老师的声音？”我边问边接过士力架，一口气剥开包装。

“不要？那德拉科·马尔福[3]的声音？”

上课铃响了，学生们有目的地朝各个入口走去。我开始学汤姆·费尔顿[4]那冷嘲热讽的声调。

“放学后我再给你做，波特。”“波特”两个字，我显露出了最大程度的鄙视。哈妮发出尖叫。

---

[1] 电视节目《大青蛙布偶秀》里的布偶角色，也是木偶大师吉姆·亨森最为知名的创作。

[2] 两者都是英国流行的零食。

[3]《哈利·波特》系列中的角色，是主角哈利·波特的死对头。

[4] 即德拉科·马尔福的扮演者。

“我就说他很厉害吧！”纳塔莉笑着说。她俩也向入口走去。

“我爸应该听听你这句话！[1]”我在身后冲她们喊，然后咬了一大口士力架。

“这哥们儿！”默笑着重复道。

“饿货，让我也吃一口吧。”

“冷静点儿兄弟，这是我的钱！”

“说一下鸡的事情吧。”梅迈特冲我努了努下巴，“那是清真食品吗？还是……”

“上完英文课我告诉你。”

“哎呀，”梅迈特哀声道，“那我们就得等着了。你们注意到没有，咱们这位老兄，上地理课能无聊到把屁股露出来，但英文课他一句悄悄话都不说。”

“啥？”我耸耸肩，“我喜欢英文课。”

“连着两节英文课啊，大哥！太长了！”默把“长”这个音拖得很长。

“嘿，别说英文课的坏话好吗？”我捅了捅他，“现在要是需要，我也可以把屁股露出来。”

今天第一次引发哄堂大笑。

我终于又感到正常了。

---

[1] 这句话借用了德拉科·马尔福的口头禅：“我爸会听到你这句话的！”

第七章

太稳了，哥们儿！（英语“稳”学）

啊啊啊啊。

英文连堂。

英语语言……

和……

英语文学。

我的主场。

我有多讨厌分数、弦、进位，就有多喜欢英语语法的特征，以及本该押韵却固执地反其道而行之的古怪词汇（别跟我提 cough，bough，enough，although 这些词啊）[1]，当然还有关于词源的一切。

事实上，一旦提到八年级英语语言课，我立马变身极客[2]；我喜欢词汇的词源，而我的许多同学却连词的意思都不知道，

[1] 这几个词都含有 ough，但读音却不相同，不押韵。

[2] 简单来说，是指狂热于技术的人。

二者之间的讽刺意味令我陶醉。这对我来说很美妙，因为“词源”这个词的意思大体上就是“词汇原来的意思”——定义了词汇的起源和发展。爽。我曾经跟“三默一体”讲过一次，但在他们三个人的反应里，绝对没有“爽”这个词。事实上，泰勒用的词里，有一个形容词我觉得我没法儿在本书里用。

不过，我明白它要表达的意思。

有这名声在外，我离正式被认定为“大写的酷”只差一个犀利的发型，一双新运动鞋和开着车、刘海儿顺滑的高中[1]生的认可了。不幸的是，我从来没有摆脱掉“大写的书呆子”这个标签。作为一个青少年，在2020年代的卡姆登，我明白且接受了我的社会地位——深受喜爱的“流行怪胎”,而不是“那个最受欢迎的人”。

我的确期望某一天能变成最受欢迎的人，但我永远也不想放弃或隐藏我对英语语言的热爱。我全都要。

还有英语文学。

又来。我知道。

在这个智能手机、广告、油管视频、网络新闻和八卦充斥的时代，只言片语就能让你了解到需要知道的东西，这很难让人认识到阅读长篇小说这种长的东西有什么价值，书能少看就

[1] 英文为sixth-form，在英国，学生在中学毕业后，如果准备读大学，会选择读sixth-form，类似于大学预科，即十二至十三年级，为了便于理解，译为“高中”。

少看，除非是被迫的。但我从来不需要人督促。我读书，读很多。我热爱书——现在也正在写书。我享受其中。

可以说，我什么都读。

我会边吃早饭，边读燕麦片盒子背后的文字，看它夸自己家的东西全是纯天然的，然后我暗笑配料表上列着的人工配料。那就像是读着充满喜感的附录。

我喜欢公路维修工人花了大力气制造、书写和打印，但只写着“临时标识”的路牌。为什么不等到最终路标出来后再写呢？

我喜欢宣传单、劣质的海报乃至比萨盒上的语法错误（我当前最喜欢的一个是用大大的粗体字骄傲地宣称**好吃到新鲜**）。

我读漫画、报纸、旧信件、有趣的诗、歌词、浮夸的邮件……有时候我甚至读网站上的用户协议——一个卖搞怪袜子和5号电池的公司，竟然想在你访问后跟踪你在互联网上的踪迹，这就像一个令人心里发毛的跟踪者想了解你的其他兴趣，我觉得不可理喻。

不过，我确实是爱书。

书带你踏上旅程——其中的文字像旅伴一样陪你度过很多星期、很多月，甚至很多年，就像是某个史诗系列的一部分。书也提供了某种堪称有趣的力量：看书会成为操场上某些“山顶洞人”嘲笑我的理由，但也正是书给我提供了词汇量，让我可以用巧舌精准快速地讥讽欺负我的人。

就像冬季学期开学不久，在学校图书馆外，和那个典型傻瓜托松·肯德尔的交锋。

“哦，看啊，是迷你泰勒！是去借图画书当睡前读物吗？”

“是的，其实是本好书，根据真实故事改编，书名叫《住在垃圾桶里的男孩托松》。”

不走运的时候，我的言语攻击会引发小型暴力，此时我就会惊叹于书的防护力量——一部大开本的精装书能够形成非常有效的保护力场。除了文字，一本精装书、一副厚皮囊是书呆子唯一真正需要的武器。

尽管我从来没承认过，但我对文字的爱确实延伸到了英文老师米勒的身上，她给我的阅读理解、创意写作以及全方位的参与打了一个又一个高分。她比其他老师要年轻得多，也没那么古板，跟亚历克丝一样，她似乎“懂”我。

此外，跟亚历克丝一样，米勒老师和我是互补的：那些爱惹事的同学对我的尊重，正好是米勒老师能让他们在英文课上集中精力的关键。如果我大声朗读，如果我准时交家庭作业，如果我在课堂上回答问题，这会让那些令她棘手的学生效仿。

总的来说，我们俩相处得很好。

“你等一下，小卡。”在同学们蜂拥出教室去吃午餐的时候，米勒老师叫我留下。我冲亚历克丝努了努下巴，她也回敬了一个努下巴，然后跟其他人一道离开了。

“老师？”

“昨晚我收到你爸妈的一封邮件。”

可真行，现在他们也要毁掉我的英文课是吧？我就不能好好上英文课吗？求求了！

“哦。”

“他们觉得你需要额外的挑战——”

“叫我去数学俱乐部，不如让我去死。”

米勒老师大笑。

“跟英文有关的。”

在她继续说下去的时候，我疑惑地扬了扬眉毛。

“不得不说，我是同意的。你的成绩远远高于平均水平，为什么不再加把劲儿呢？”

她把手伸进讲台抽屉里，掏出了一张 A4 打印纸。我在学校里看过这张纸不同大小的版本：下星期五将举办的一年一度的韦恩布利奇才艺之夜的海报。那是一场慈善活动，目的是为学校筹钱，学生和老师要登台表演，那些表演节目在世界上其他地方压根儿就不配要门票。事实上，比这更好的筹钱方式是赞助那些可怜的观众，以表彰他们惊人的忍耐力。

“呃，老师？我不——”

“我知道你要说什么，小卡。表演让你觉得尴尬，老师们让你皱眉，对吧？”

我举起手难为情地笑了笑：“可不是我说的啊！”

“有点儿业余，是吧？”

“弗伦奇老师去年的莎士比亚喜剧独白……怎么说呢，他为什么要扮成一头驴？”

米勒老师忍住了窃笑：“你得读读《仲夏夜之梦》了。他扮演的是博特姆。”

“哦，那就说得通了。我记得泰勒也叫过他类似的名字。”[1]

“呃……好吧，我没听到过。听着，你的创意写作非常棒，小卡。我说真的。”

“但没有人想听我朗读英文课上写的短篇故事！”

“我同意。”

“啥？”

“但是，如果你把这些创意写作技巧用在更……现代的方式上呢？我看见你和默、梅迈特总是背诵说唱歌词。如果是某种表演性的诗歌呢？”

我扭曲着脸，像是吃到了什么酸东西，但我不想让米勒老师失望。

“我不知道……听起来有点儿老套。”

[1] 博特姆是莎士比亚喜剧《仲夏夜之梦》中的角色，头被变成了驴头。博特姆的英文是Bottom，在英语中有屁股的意思，与此类似的单词常用来贬低人。——译者注

“除非你没好好弄！我不认为你想弄得‘老套’，对吧？”

米勒老师继续说服着，我环顾教室。

“可以有趣，也可以严肃，可以轻松，也可以沉重，只要你想，短小简洁，或是宏大史诗都行！但它可以很……真实，是你能感同身受的。那会非常给力！你妈妈觉得这是一个好主意。我问过乔杜里老师了，还有几个空位，我可以跟她说一下。”

此刻，对于英文老师和我妈，还有我的年级主任及活动组织者乔杜里老师共谋这件事，我感到不是很舒服，包括她说“非常给力”也是，但我得承认，我动了心思。

她满怀希望地把海报递了过来。

“能让我想想吗？”

“当然！我可以帮你修改。不改也行，随便你。我只是想看到你闪光。”

我接过海报，把它叠了起来，点了点头。

“我会想想。谢谢了。老师，再见。”

我确实思考了。

我没直接去食堂，而是在空荡荡的走廊里饿着肚子徘徊了二十分钟，思考在认识的人面前进行现场表演的利弊。

利：

- 可能会像传奇

- 现场有女生
- 可能会让爸妈不再烦我
- 向马尔基展示什么叫押韵
- 能穿那件帽衫

弊：

- 可能会像傻瓜
- 现场有女生
- 可能会让爸妈继续烦我
- 向马尔基展示的东西他都知道
- 在那件帽衫上涕泗横流

嗯……

我本以为其中一栏会比另一栏长得多——太多坏处了，傻瓜才去；或者太多好处了，傻瓜才不去。

我需要更多的建议。想象的、不具体的国歌在我大脑中播放，我在明确我对这个完美的咨询者的要求。

嘚儿嘚儿哒嘚儿哒嘚儿嘚儿儿儿儿儿……

一个真正的有远见之人……一座智慧与指导之山！

嘚儿嘚儿哒咚咚哒……

我在食堂游荡，拿了一个三明治和一些薯片，然后穿过后面的玻璃门，踏进午后的阳光。一波波学生要么在排队等着进去吃饭，要么就是吃完了鱼贯而出。

拥有宝贵的经验……

嘀嗒嘀嘀嗒哩嘚咚嘚儿……

拥有顶级智力和摧枯拉朽的权威感！

连续击鼓声：咚嗒嗒－咚嗒嗒－咚嗒嗒……

现在，巨浪分开，亚历克丝·肯博登场，她跪坐在地上，两只手紧紧拉着一张保鲜膜，正透过保鲜膜看着草坪上隆起的一座小土丘，她似乎是在吟唱：“烤死你们！烤死你们！”

嘚儿嘚儿嘚儿儿儿儿儿儿儿儿儿儿！

…………

或者，我就问一下亚历克丝。

第八章

咱还是别了吧

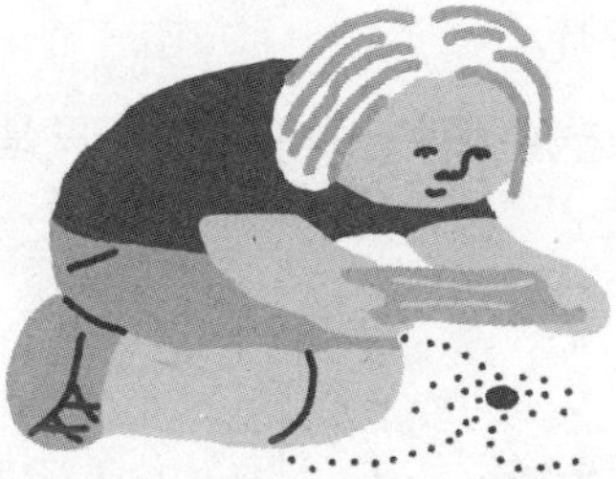

仔细看，亚历克丝跪在操场边缘的一个蚁窝旁边。我咬了一大口三明治，然后用手肘轻轻推了推她。她满脸疑问地看着我。

“我不确定我想不想知道，但我会问。显然你可以在太阳下用一个放大镜把东西烧着，但你没有放大镜，所以——”

我们同时说了下面这个词，但用的是相反的语调；我是会意的平调，她是激动的高声：“大差不差。”

“当然。”我点头，“嘿，如果你下辈子是一只蚂蚁怎么办？你想过吗？”

亚历克丝皱起了脸。

“首先，我得相信有转世这回事。”

“是有的，某种程度上。我的意思是，谁知道你的灵魂会去哪里呢，或者你的精神什么的。天堂、太空、厕所下水道……但是你的身体会留在地球上，对吧？最终，它会分解成矿物质，然后被什么东西吸收——一株植物、一条河……或者被一只蚂蚁吃了。”

亚历克丝低头看着那些奔忙的生物。

“所以，等一下……你是说……这些蚂蚁里可能有一只是我的爷爷？”

“有可能，至少理论上可以说是。”

亚历克丝把保鲜膜揉成球，站了起来。

“对不起，爷爷。”

“我觉得他不会承受太多痛苦。保鲜膜可不是什么优良的导体。”

亚历克丝点了点头，将保鲜膜揉成的球扔向附近的垃圾桶，球弹筐入网。

“三分球！”亚历克丝庆祝起来。

“漂亮。”

亚历克丝朝“三默一体”和一群在草地上用针织衫当球门的学生伸了伸下巴。

“你踢球吗？”

我点点头，然后我们边走边说话。

“嘿，米勒老师找你干吗呢？要给你颁发一个终身成就奖吗？”

“你个傻瓜。”

“所以？”

我停了下来。

“好吧，我其实是在想……既然我刚刚已经就生物圈给你提供了一些思想食粮，也许你该报答我了，给我一点儿建议。”

“我的天啊，她想嫁给你？”

“闭嘴！她想让我写首诗在才艺之夜上表演。”

在临时足球场边缘，我们停了下来。

“天啊，这种才艺之夜有点儿尴尬。”

“我知道啊！”

“还记得去年几个女生无伴奏合唱流行歌串烧吗？”

“他们引得大家都站起来拍手高唱‘哦，宝贝宝贝’。”

亚历克丝鄙视地摇了摇头。

“这叫观众参与。”

我们俩都反感得打了个颤。

“但你是那什么来着？”

“什么？”

“文字巨匠，你擅长文字。你也许能搞得不错。”

我开始装腔作势。

“嘿，你说得对，我是擅长文字的人。”

“笑死。所以我想真正的问题是——你擅长表演吗？”

我皱起了眉头：“我的大脑说我不擅长，但我的心表示，很多老师就是因为我擅长表演而罚我课后留校的。”

默在一群球员中向我大喊，他们兵分两队，正在选择球员。

“哟，阿亚！小卡！你们加入吗？”

“加入！”我喊道。

加入或者不加入，如果生活像足球这样简单就好了。

第九章

算了

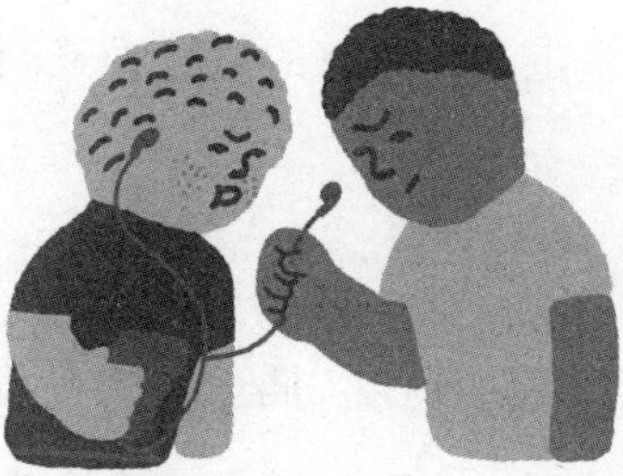

到家的时候，我已经作好了决定。

算了。

叫我站在人们面前表演是不可能的事情。

万一我这个天才少年，用如椽巨笔产生的文学魔法太过精彩，太过才华横溢，导致大家无法理解怎么办？好吧，不太可能出现这样的场景。但我不甘于平庸，我不想只是“过得去”。要么是垃圾，我被嘲讽；要么是神来之笔，我被低估。

所以一句话，算了。

作了决定后，我感觉轻松不少，径直走向冰箱拿果汁的时候，感觉步伐也重新矫健起来。

“心情不错啊？”

看到爸爸坐在厨房台子上的笔记本电脑前，我吓了一跳。

“没注意到你在。”

“你跟英文老师谈了吗？”

“嗯？哦……算吧。嗯。”

“很好！你妈会高兴的。”

我尴尬得露出半个笑容，往卧室走去。爸爸的注意力又回到笔记本电脑上。

在我神圣不可侵犯的房间里，我跳到床上，插上耳机。因为连着家里的无线网络，我用手机想听多少歌就听多少歌，而且我这会儿听说唱的情绪正浓。大概过了半个小时，我还沉浸在押韵的歌词里——这些男女歌手不比我大多少——没注意到马尔基站在我的房间里，疯狂地指着我。

直到他把耳机从我耳朵里拽出来，我才回过神。

“我说，你去用油管听！”

“嗯？为什么？”

“因为你知道，我不能跟你同时在线听歌！”

这是烦人的事实：我爸妈这个年纪，没理由多花钱去买一个音乐软件，让不同家庭成员能同时听不同的音乐。

“那跟我有什么关系？”我反击道。

“因为我现在想听歌。”

“那你去用油管啊！”

“好你个小兔崽子！”

“嘿，我可是跟你学的！”

我们听到大门开合的声音，暂时休战。妈妈回来了。

“嗨呀！”她唱歌式的问候响彻门厅。

马尔基突然似笑非笑，眼睛盯着我，打开了我的卧室门。

“妈，小卡霸占着音乐！”

“什么——？”我吼道。

“拜托，我才刚——小卡，你就不能不吃独食吗？”

马尔基耸耸肩。

“你听到妈妈说的了吧。”

我厌恶地摇摇头，把耳机扯下来。

“哇哦。”我淡淡地说。

马尔基大摇大摆地走了出去，我冲他身后做了个鬼脸。就在他带上门之后，我听到妈妈从厨房喊我。

“小卡！过来说几句话！”

我深深地叹了口气，溜了出去。

厨房的场景跟我在缓缓穿过门厅时心里预想的列表清单差不多：

爸爸在桌边，缓缓地关上电脑，叹气。 ☑

妈妈站着，背靠水池，双臂交叉。 ☑

马尔基戴着耳机，一如既往地热爱生活。 ☑

事实上，马尔基正摇头晃脑，一边跟着某个我听不见的曲目说唱，一边吃着从冰箱里拿的萨拉米香肠，看上去对即将展开的戏剧场面漠不关心。但他压根儿不是漠不关心——他来厨房就是为了看仇人被劈头盖脸地一顿训斥，并从中取乐。

我想用“轻松”的语调来回应——但那显然不是我的强项。

“嗯？”

妈妈低下头，扬起眉毛。这两个动作合在一起可不是好兆头。

“我们得聊聊昨天的事情。”

“昨天怎么了？”（“假装无辜”也不是我的强项。）

“你昨天踢了一只鸡，小卡。”

“那可不酷。”爸爸说。

“你昨天说过了，爸爸。什么会酷呢？”

“小卡……”妈妈试图打断，爸爸则简洁地反击。

“不去踢一只鸡？”

“啊！好吧，你懂什么是‘酷’，爸爸，真的是紧跟潮流呢。”

“小卡！”妈妈突然尖声打断了我，“别阴阳怪气！我们想要你道歉。”

“对不起。”我说，用的是典型的十三岁少年的方式，听起来就像在说：“那又怎么样？”

“好的，算是好的开始。”爸爸用调停的语气说。妈妈见状，下背部猛地从水池边缘弹起。

“不，不对！我不允许这个家里出现暴力！”

我张开嘴，想质疑一只死鸡严格来说是否还是暴力的承受者，但看到她目光如刀，我又闭上了嘴。

“我想听到一声听起来像是道歉的道歉！”

马尔基带着微微暗藏的喜悦看着表演，把一圈圈香肠塞进嘴里，像在电影院吃着爆米花。我恳求地伸出手。

“对不起！”

“谢谢你。我不想收走你的漫画或手机，但我会的，小卡。你知道我会。”

爸爸试图缓和局面。

“所以，让我们重回和睦的氛围，怎么样？”

“氛围”这个词让我皱眉。

妈妈满意了，焦点开始转移。

“现在我们能谈谈才艺之夜吗？你爸说你已经跟米勒老师谈过了？”

停顿。

“是的。”

“所以你会表演一段口语诗作品？”

“那个……老实说，我不知道——呃……”

马尔基摘下耳机。

“你要朗读诗歌，是吗？哈！车祸现场！”

“你连诗歌这个词都不会拼！”

“你们俩……”

“我不想拼而已。这种事跟你一样——无趣！”

“够了！”

妈妈简洁严肃的语气让我们闭了嘴。她转向我，语气变得柔和了一点儿。

“你的规划是什么，小卡？因为你爸和我担心你会变成没有规划的孩子。我知道马尔基装疯卖傻，但你知道吗？他取得了成绩，他在需要的地方努力，知道自己想成为什么。”

马尔基点点头，沾沾自喜地补充道：“运动心理学家。”

很好。谢了，马尔基。

“你是想成为你的兄弟，还是我的兄弟呢，小卡？因为其中一条路是滑向深渊的路。”

她总是把兰舅当成废柴的代名词，因为他四十多了还独居，靠音乐为生。我说他是传奇而不是废柴，但这是个人观点。

我看到我哥冲我做鬼脸，我感觉血液像是水壶中几近沸腾的水。

我看到妈妈双臂再次交叉，用“来呀，小卡”的表情看着我。

我看到爸爸耸耸肩，扬起眉毛，似乎在说：“嘿，我是站在你这边的，但是你妈说得对。还有，我其实也站在她那边。”

这是泰勒家的流体动力完全展开的样子。我妈太咄咄逼人，我爸则不够咄咄逼人——自己无法咄咄逼人，也害怕被妻子逼成一个耳根子软的人，于是他总体上把自己逼成了支持她咄咄逼人的人。而马尔基就是一个傻蛋。

我握紧拳头，咬紧牙齿。

生活中忍受来自我哥的贬低，这种情况还得持续多久?

我的亲爸亲妈认为我在学校一事无成，这种情况还得持续多久?

总是被人说不知道自己擅长什么，但其实我知道我非常擅长文字，这种情况还得持续多久?

还得持续多久?

不会了。

“不会持续了！”我突然喊道。

他们看起来很困惑。爸爸眯着眼问道：“什么？”

哦。我并不想大声说出我的想法，真是奇怪。是时候临场发挥了。

“这是……我正在写的东西的名字。”

马尔基皱起了脸。

“压根儿说不通啊，兄弟。”

“很抽象，马尔基。你不会懂的。”

马尔基准备开口，但爸爸闭上眼，摇了摇头，像是在说“最好是”。

妈妈缓缓地点点头。

“所以……你会参加表演？”

“嗯，”我说，眯起眼睛盯着马尔基，“是的。”

“棒极了！让我们把这看作新篇章的开头，好吗？”

“嗯。”我点头，不确定刚刚到底发生了什么。

这下好了。

第十章

新篇章

还是那条街

还是那辆巴士

准时

不惹事

每个人都想知晓

是反其道？

还是顺流漂？

打开储物柜

拿出你的东西……

“拿出你的东西……东西。东西？”

“抠一抠你的肚脐绒毛！”

“哦，那还真完美呢，阿亚，我应该让你来写。”

“嘿，我能说啥？我会莎士比亚的技巧，我是技廉·莎士比亚。”

我们都笑了，但是我又看了看自从上个星期在厨房摊牌以来，我在手机上写的那少得可怜的韵文。整个周末我都在写，删掉的字远远多过保留下来的。现在已经星期三了，才艺之夜正令人担忧地逼近。

“会很糟糕，对吧？”

“所以你担心什么呢？”

“因为我家人想的就是我会参加！不是担心，我得下定决心。”

亚历克丝拙劣地模仿起美式口音。

“就在那个时候，我明白了，卡迈克尔与众不同。从那时起，一切都变了。”

“你真是笨蛋。”

“真的！就像某个高中题材电影里的场景，你在体育馆里，啦啦队队员全都为你疯狂，篮球队员们用慢动作把你扛在肩膀上，还放着某首歌——‘嘚嘚呢呢，你是冠军。’你自己想想吧！”

“呵，或者就像一部恐怖片，一个男的想当英雄，结果丧尸围住他，啃了他的脸。”

亚历克丝耸耸肩。

“都是强有力的结尾。嘿，我跟你说一个好处吧，才艺之夜的排练跟双门科学课是同一时间！”

“赞！”

我们击拳。

“没什么比双门科学课还糟糕了。”

对此，我很确定。

当天下午，我推开学校礼堂的门，才意识到自己错了。

穿着芭蕾舞裙、戴着棒球帽的七年级女孩正在跳嘻哈芭蕾舞，那个傲慢的学生贾斯廷·阿姆菲尔德身穿紧身连衣裤正在练习体操，巴希尔·南迪拿着像世界领导人的袜子人偶，弗伦奇老师则不知道是出于什么骇人的原因穿着旱冰鞋，还有无伴奏合唱团，以及汇聚了韦恩布利奇中学各大顶级男女书呆子的十年级弦乐团。

米勒老师和乔杜里老师冲我笑了。

我突然想念假设、方法、决定性发现和培养皿了[1]。

巴希尔完成了他在台上的排练。

“很好，巴希尔，”乔杜里老师说，“也许去掉德国总理的口音会更好。那听起来有点儿像威尔士语，我觉得这两个地方的人可能都会感到被冒犯。”

巴希尔有些失望地点点头，站到了舞台的一角，给他的美

[1] 这几个词都是科学课常用术语，这里主人公的意思是看到这样的场景，还不如回去上科学课。——译者注

国总统人偶喷上更多的发胶。嘻哈芭蕾舞女孩上台了，乔杜里老师径直朝我走来。

“卡迈克尔！米勒老师说你感兴趣呢！我很高兴。来点儿车库饶舌太令人激动了。我们需要调动更多的男生参与。”

我一时无话可说，对年级导师能够把表演车库饶舌说得像逛公园一样简单感到由衷的敬佩。

“呃，其实更像是说出来的文字，我想。”

“棒极了。我们能看看吗？”她指着舞台，然后用手指做出类似“我是说唱歌手”的动作，我希望我没看到她的动作。“跳上台展现出来！”她说道。

“呃，我没——我是说我还没完成……”

米勒老师走了过来。

“没事的，小卡，还有整整两天时间。你不用全背下来，读出来也可以的。”

我点点头，从口袋里掏出一张折起来的A4纸，早上在把手机上交学校服务台之前，我把手机里写的东西提前抄在了纸上。我走上台，停下来疑惑地看着四个嘻哈芭蕾女孩自信地屈膝。

乔杜里老师示意我继续：“别管那几个女孩，你做你的！”

于是我站直了，打开纸，清了清嗓子。

还是那条街

还是那辆巴士

准时

不惹事

每个人……

我停住了。透过能直接看到操场的礼堂大窗户，有东西吸引了我的目光。马尔基他们班正在朝数学楼走，TJ停下来，眯着眼往窗户里看，然后碰了碰马尔基和戴恩。他们盯着这样的无声画面：马尔基可怜的小弟弟被穿着粉色芭蕾舞裙、戴着棒球帽的女孩围住，脚边还站着一个给袜子套上假发的男孩。

我也盯着他们，看到的同样是无声的画面：三个欺负我的人笑弯了腰，手指着窗户玻璃，开心地相互拍打和推搡。

“小卡？”

米勒老师疑惑地看着我，然后转头看我在盯着什么，但那三个人动作很麻利，已经跑去了数学楼。乔杜里老师看向我，脸上的担心表明，我不需要镜子也能知道我看上去有多生气。这是我第一次冒险在公共场合说一些不搞笑的东西，有意义的东西，发自内心的东西。尽管我已经习惯了人们和我一起大笑，但当我做严肃的事情时，他们却嘲笑我，对此我感到很不爽。

“没事吧？”乔杜里老师试探性地问道。

老实说，我没听到两位老师后面说了什么。我的耳朵在轰鸣，心脏像鼓槌一样敲着肋骨，令胸膛砰砰作响。我感觉脸上的每一块雀斑都被灼热的红色淹没。之前我从没在学校彻底失控过，但这次火山将要爆发。

事实上，我是如此突然地完全被愤怒吞噬，继而飞速地奔下舞台，用力推开双开门，飞奔着穿过操场，穿过学校大门，甚至没注意到巴希尔的哀嚎，没注意到他的新西兰总理袜子人偶粘在了我的鞋上。

第十一章

等等，发生了什么？

我瘫坐在门阶上，靠着墙，第三次摁响兰舅的公寓门铃，此时我才完全意识到我刚刚做了什么。

我未经允许擅自离校——我是旷课的学生，在逃的囚犯。我的手机还在学校服务台，没人知道我在哪里，怎样才能联系上我。这很糟糕。所以我会跑来自己不会被人评判的地方——但舅舅不在，想让他别评判我都没机会。

干得漂亮，小卡，你个蠢货。

我把头埋进交叉放在大腿上的双臂里，隔绝了外部世界。

深沉的男中音把我拉回现实。

他是可爱的离家小男孩，
找不到快乐和自在
他在门口的地上熟睡，
直到警察喊“喂”

我抬头看到舅舅兰登·本杰明抱着一堆商品站在我面前，他身上穿的总是那些，尤其是在夏天——宽松的亚麻拉绳裤子、凉鞋，某种五颜六色的南美庞乔斗篷式上衣。他那整齐的长发扎在脑后，露着跟我妈妈一样无瑕的黑榛子色皮肤和一样完美的圆鼻子——除了左鼻翼穿了孔，一样大而温暖的眼睛——除了右边眉毛穿了孔。

“猜猜这是谁写的？”

我耸耸肩。

“我，就刚刚写的。”

我点点头。兰舅皱起了眉头。

“今天放学早？”

我摇摇头。兰舅歪着头。

“嚯。在联邦调查局查你身份之前，你最好先进去。”

兰舅的公寓看上去比本身要小，因为里面塞满了东西。

太多东西。我一直惊叹于那些小摆设、小装饰品、书、纪念品、艺术品、工艺品、毯子、垫子、音响、电线和无数乐器的惊人数量，它们从墙壁往外延伸，霸占着每个房间，哪怕是浴室。这间公寓的主人是一个大多数时间都生活在别处的男人，但这里仍然让我感觉到家的气息。雷鬼乐从厨房缓缓飘来，兰舅在厨房边搅动着两杯茶，边跟着哼唱。

“你知道他们会打电话给乔斯琳吧，可能已经打了。”兰舅说着，出现在客厅，递给我一杯茶。烧水的时候他已经听完了整个故事。

“我想会吧。”

兰舅口袋里的电话响了，他拿了出来。

“说曹操曹操就到。”

他把手机屏幕递给我看，看到妈妈的名字后，我眉头紧蹙。

“乔斯，嗯……嗯，他在这里……嘿，我知道。别担心……嗯……我来处理……好的。没事。”

他挂掉电话，把手机放回口袋。

“所以你是怎么回事？”

我们四目相对，然后我叹了口气，看着自己的脚。

“没什么。”

兰舅笑了起来。

“没事，是吗？那就是有事……我跟你说过没有，我会说青少年语？”

我看向他，露出了难为情的笑容。

“我可熟练了，伙计，”兰舅继续说，开始进入主题，“比如……‘呃’，意思就是‘好啊，为什么不呢？’‘谢了，我饱了’的意思就是‘我讨厌蔬菜’……”

我扑哧笑了。兰舅的表情变得柔和。

“而‘没事’的意思就是‘有事’。没人会平白无故地从学校跑出来。”

我耸耸肩。

“妈妈在逼我。我的老师……还有马尔基——我不知道，感觉每个人都在针对我。”我咕哝道。

“嗯，听着，首先，我了解我姐姐，她就跟我们的妈妈一样，她很讨厌我们不够努力。她一直觉得我没有发挥潜力，但你看我现在！”

他站了起来，身上的裤子像是睡裤，他张开双臂，先是指了指自己，然后又指向杂乱的四周。

“赢家。”

我们俩都笑了。

“我从来不擅长学习，小卡。你爸妈，还有你的老师对你的期望很大，你知道为什么吗？”

“为什么？”

“因为你聪明啊，笨蛋。”

他开玩笑地推了推我，我也开玩笑地推了推他。

“他们知道你潜力无限。而我呢，我不知道我有多聪明，但我只想做音乐。你外婆依然觉得我是废柴，但我玩音乐挣的钱足够租下这个地方，做我热爱的事，所以我是赢家。生活中的真正问题是，我开心吗？如果答案是肯定的，那就不要停，继续玩这场游戏；如果答案是否定的，就要作出改变。”

我犹豫地说：“我是开心。只是……我不知道咋说。妈妈和爸爸太……严了，你知道吧？而且马尔基总是无缘无故地找我麻烦，嘲讽我什么的，爸妈觉得他很完美！而且我讨厌数学，讨厌地理，讨厌科学。”

“啊。听起来挺快乐！但你从另一个角度看，你的家人关心你，你有很多朋友……对了，我想起来了，你跟亚历克丝说星期四我可以下双陆棋。”

“我会说的。”我笑了。我喜欢他跟亚历克丝课后在他公寓里下双陆棋。他说得对——我有朋友，好朋友。“而且我的英文广受好评，所以……”

“你看看！我擅长音乐，你擅长英文。嘿——你知道音乐有个什么好处吗？”

“什么？”

兰舅把答案唱了出来：“当它击中了你……”

是我们全家都爱的一首鲍勃·马利的歌曲。我也跟着唱了起来。

“你感觉不到痛苦！”

“不像数学，”我补充道，“是真的伤人。”

兰舅笑了：“你让我想起了我自己，但你没我帅。来吧，你需要回家面对音乐了。我会跟着你，当你的情感支持动物。”

二十分钟后，我们走下274路车，朝我家那条街走去。

“我曾经参加过一个才艺比赛，当时跟你现在差不多大。”

“我打赌你肯定闪耀全场。”我闷闷不乐地说。兰舅笑了出来。

“我搞砸了，彻头彻尾地搞砸了。那是1994年，我在克里克伍德的一个教堂里表演贝斯独奏，想赢得一百英镑的奖金。”

“你的乐队里有谁？”

“没有乐队。我觉得自己很牛，可以一个人表演五分钟贝斯独奏，人们将为我疯狂。”

“但他们没有？”

“某种程度上算是。如果你被迫听一个没经过训练的十五岁少年用贝斯弹奏即兴的实验放克[1]乐那么长时间，你可能也会疯。”

那天我第一次放声大笑，我们在家门口停了下来。

“现在想想，我依然觉得那次糟糕的表演是发生在我身上最好的事情之一。”

“真的吗？”

“真的，我再也不想搞砸了，不想再有那种感觉。于是，我人生中第一次开始练习。我真的尝试了，惊喜一个接着一个——我变好了。就这么简单。”

---

[1] 英文为 experimental funk，一种音乐类型。

“但我甚至不想成为诗人。”

“好吧，但是你想成就什么，对吧？想成就什么，你就得尝试什么。尝尽一切你必须尝试的，那样，即便你不知道你想干什么，至少也知道你不想干什么。我以前以为自己想成为太空放克[1]贝斯独奏大神，但经过试错——主要是错——我意识到我想组乐队。所以我就……顺其自然了。”

我们头顶上的二楼，一块纱帘动了起来。我把钥匙插进锁眼，准备开门，但兰舅还没说完。

“这是一件怪事。你拼命努力去控制一切，对吧？被你视为命运什么的东西。你不想被看成废柴，于是试图对自己做的一切都成竹在胸。然后有一天，你放手了，让上天决定，而生活就……我不知道……变得简单了。”

我点点头，转动钥匙，准备推门，但门突然从里面开了。

“大麻烦，伙计，大麻烦。”

爸爸站在门口，双臂交叉，这是他模仿妈妈最像的样子。他冲自己的小舅子点点头。

“兰。”

兰舅点头回礼。

“你好，斯图。”

他又转向我。

[1] 英文为 space funk，一种音乐类型。

“你妈发飙了，我也不爽。”

兰舅拍了拍我的肩膀。

“我得闪了。”

“谢谢你把小卡送回来，兰登。”

“没事……”兰舅冲爸爸笑了笑，准备离开，然后又回头说：“嘿……他今天够惨了。”

斯图尔特把我领进楼里。

“可能会更惨。”

我 透过正在关闭的门缝，看着舅舅消失在视野里。

第十二章

小幸事

这天确实更惨了，但也有小幸事。

“小幸事”是我从舅舅那里学到的另一个短语。兰舅经常说纵使乌云也有银边；困难的时候总有小小的好事，微小但重要的调剂——小幸事。

对我来说，两件小幸事是：

1. 妈妈上晚班，所以我明天才需要面对她。

2. 马尔基在戴恩家。为了从父母那里赢得更多的印象分，他正在进行“紧锣密鼓的复习”。这令我想呕吐，但至少整晚我都不用面对他那张得意扬扬的脸。

家庭成员的短暂分离造就了奇怪且略显孤独的夜晚。我坐在自己的房间里，感觉爸爸的失望从墙壁渗透过来。我没有手机，没法儿给阿亚发短信；我唯一能做的是倒数时间，等待可怕的明天早上——爸爸和妈妈都去见弗伦奇老师，讨论“下一步情况”。

在学校语境里，“下一步情况”意味着“相应的惩罚”，鉴于我最近的行径，很可能比写一百遍“我以后不犯蠢了”更严重。

我比往常花了更长的时间入睡，最后终于睡着了。

第二天早晨，第三件小幸事来了——确实是一件好事，因为早上其他事都像坐在交通锥上一样“舒服”：醒来就面对生气到无话可说的妈妈就是糟糕透顶的开始；跟父母一起走去公交站，就像是被两个无情的护卫一路默默地送去监狱；而坐在他们前面的位子上，感觉他们的失望如芒在背，就像一只幼小的羚羊在饮水处遇到一群母狮。

所以，当亚历克丝跳上公交车，热情洋溢地跟泰勒夫妇打招呼，让他们也不得不回以同样的热情洋溢，因而打破了紧张形势；对我来说这确实是小幸事，哪怕只延续了几站路。

我们击拳问好，亚历克丝扑通一声坐到我身边。一阵短暂的沉默，然后她皱起眉头，转过身来，向我们一家三口问道：“等一下——我今天是不是应该也叫爸妈来学校？”

“我希望不是，”我妈说，“那就意味着你和这位小年轻惹上了同样的麻烦。”

我皱起眉头。亚历克丝呼了一口气，反应了过来。

“啊，是昨天的事情，对吧。大逃亡。”

我点点头，内疚地嘟哝：“得见弗伦奇老师。”

“噫。”

“你逃过学吗，亚历克丝？”妈妈问道，像是故意表演给我看。我把脸深深地埋进外套的衣领里。

亚历克丝摇摇头：“没有……”

“听到没，小卡？大多数学生都不——”

“但我幻想过很多次。小卡昨天那种？我曾经幻想过，从科学楼的窗户里钻出来，爬上通向屋顶的下水管道，楼顶上有一根长长的电缆，它经过学校大门的上方，连着路上的一根电线杆，我当时想着可以用领带做成那个……那个什么？叫啥来着？叫什么环来着？”

“岩钉钢环。”我爸说。

表情已经出现些许困惑的我妈冲着我爸摇头，像是在说：“别鼓励她说了！”

“对！把它当成岩钉钢环，顺着电缆滑向自由。”

我爸微微点头，抬起眉毛。

“好吧。”

我妈缓缓闭上眼，继而睁开，就像是在内心里发出了一声别人看不见的叹息。

亚历克丝说什么对我来讲都不惊奇，所以我尝试享受跑偏的注意力，不管它能延续多少秒。

延续不了多久。

“不管怎么说——”妈妈捡起话头，“关键是，小卡的注意力不集中，现在影响到了他的行为，我不接受。”她盯着我：“完全不能接受。”

今天不好过了。

我在服务台拿到了自己的手机，还没来得及开机，我妈就把手机夺了过去。现在是在学校里，其他学生都能听得见，所以我小声抗议：“妈！”

“我警告过你。”

“哦！”我听到身后有人齐声道。“三默一体”正在看着我妈公开发怒，就像看着他们最爱的球员严重受伤，三张脸扭成了不同样子的龇牙咧嘴。

“我能查看一下信息吗？”

“你想什么呢？”妈妈把手机塞进口袋。

“冷酷。”我听见梅迈特嘟囔。我不想引来看客，朝“三默一体”投去知会的目光。他们假装不再看，但显然期待更多的好戏登场。

我叹了一口气，我爸在服务台四处查看：“弗伦奇老师的办公室在哪边？”

“哦！”“三默一体”又发出声响。

“赞爆了！”

“弗伦奇时间到！”

亚历克丝突然又开口了(她今天早上兴致怎么这么高？哦，不对——是每天早上！)：“我知道，跟我来。”

我们四个走楼梯上了二楼，亚历克丝在最前面，我拖后。“三默一体”远远地跟着我们，依然渴望看更多好戏。在走廊的第三道门前，亚历克丝用胳膊做出类似于“就是这里”的动作。

我爸妈准备敲门，亚历克丝溜到我旁边，举起拳头跟我击拳。“祝你好运，哥们儿！结束后见。”

我点点头，已然洞悉一切——一个“被判死刑”的人。

亚历克丝迈着小碎步朝我们的指导教室走去，然后突然又闪回来，像是想起了什么重要的事情。

“如果你没能活着出来，我可以拥有你的耳机吗？”

在我的怒视下，她从另一边跑了，弗伦奇老师办公室的门打开了。

第十三章

对某些人来说是幸运

这是好事还是坏事呢？看着弗伦奇老师在自己的办公桌后面坐下，乔杜里老师和米勒老师在旁边，我思考着。我有点儿期待校长克雷格夫人也在，但她不在——这是好事，对吧？但是我最常打交道的三位老师都在场，我就像在面对准备好了的行刑队。我不安地坐在爸妈中间，不知道事态会如何发展。

我只知道，此刻我在这间办公室里，一点儿也不像其他时候那么有趣。每当我坐在严肃的成年人之间，我总是急迫地希望发生一些荒诞的事情：弗伦奇老师意外地将鱼缸里的水连带金鱼一起倒进了水壶；两名窗户清洁工在老师背后的玻璃外无声地互殴；在场的任何一个成年人坐下的时候，所有椅子同时坍塌……

但真实发生的是：

“泰勒先生，泰勒夫人……”弗伦奇老师开口。

“叫我们乔斯琳和斯图尔特就好。”妈妈和善地说。

爸爸拙劣地点点头。弗伦奇老师心领神会地笑了。

“好的，我们都知道为什么请你们来这里，所以不会花很长时间。我直接说吧，我已经告诉校长了，她建议，就卡迈克尔未经允许擅自离校这件事，给予他停课两天的处罚。”

妈妈失望地瘫倒。呃，比愤怒还严重。

“我也跟米勒老师说了，她说也有情有可原的地方。米勒老师你说说？”

我的英文老师身体前倾。

“是的。小卡逃学不是主观的，他是被一些十年级的学生嘲讽了，他非常生气。”

妈妈看向我，愤怒重新回到她的身上，但带着一丝防卫的性质。

“谁？”

我看着自己的脚。乔杜里老师插话了：“容我来讲两句。我们还在确认是谁，但我和米勒老师都没看到他们的脸。我们想，你自己是不是可以说清楚呢，小卡？”

我抬起头，扫视了在场的五位成年人。我不确定我的脸色是什么样的——我猜是红的。回想起马尔基和他的党羽嘲笑我，我的脸烧着疼。

是马尔科姆·泰勒，大人！和他那可怜的随从！他们才是真正的犯人！我只是一个卑微的艺术家，试图在这个世界闯出一番天地，却被三个怀恨在心的蠢货袭击，那就像患有狂犬病的狐狸追捕美丽的野兔。不要判我入狱，大人！抓捕他们！抓捕他们！哦，瞧这不公的世道！

“我……没认出他们。”

青少年的世界里，存在着无数由青少年制订的荒唐准则、规矩和不成文规定。古老的戒律镌刻在没人见过的巨大石板上：

· 你永远不可将阿迪达斯宽松慢跑裤与耐克运动鞋一起穿；

· 你若第一次听闻某最新风尚，务必立即装作好几个星期前就已知晓；

· 你务必时常注意，不要意外地把老师错喊成爸爸或妈妈，除非你想在尴尬的地狱里永世不得翻身；

· 你不可告密。

毫无道理可言。所以即便有机会拉我哥下水，但我更害怕被贴上告密的标签，这对我受欢迎程度的打击会超过我能承受的程度。

屋子里的人面面相觑，一片沉默。米勒老师接过话头：“但是……他们在嘲讽你呀？”

我点头。

又是沉默。

“好吧。”弗伦奇老师说，转向了我，“鉴于小卡行为的严重性，我建议给予停课处罚，但是……校长和我愿意减轻对你的处罚，停课减至一天，如果你表现良好，并完成星期五才艺之夜的表演，学年末会消除你的处罚记录。”

“这……不错啊，”爸爸插嘴道，“对吧？”

“我们非常感激。”妈妈叹气，“对不对，小卡？”

所有人都看着我。妈妈把头凑到我边上，又问了一次，但不是用询问的语气。

“对不对，小卡？”

“对。”

“而且以后不会再发生这种事了。”

“我希望不会。”弗伦奇老师合上了我的档案，并来回翻动，就像新闻节目结束时的播音员一样，“停课立即生效，给你一点儿反思时间，同时排练你的作品，行吗？明天回来，希望是一个新的开始。”

“好的，老师。”

“谢谢。”爸爸说。

我们都站了起来，大人们相互握手。我感到怪异：羞怯，不确定；最糟的是，我失语了。不论在学校什么地方，总有能让我吐槽的地方——风趣的反击或者有趣的想法能安抚我的神经。但在父母在场的情况下，我突然间感觉像回到了厨房；我感觉马尔基正在某个我看不到的观光点得意地笑，我憎恶自己让他逃过一劫。然后就是知道接下来几天待在家里会多让人心烦所带来的沮丧……我口干舌燥，喉咙像是一条被堵住的路，话语无法通过。

文字抛弃了我，我忠实的、可信的老搭档。你怎么能这样，文字？我还以为我们是朋友！

我和米勒老师交换了眼神，然后跟我爸妈一起退出办公室，一路无言，回到狮子的老巢。

第十四章

时间到

好的，暂停。

有几件事咱们先说清楚。我们已经到第十四章了，我敢肯定你们现在已经知道我不完美；但我也确定你们同样不完美，所以就不要跟我装蒜了。

以防你还在困惑，这里有一个迄今为止我生活里的小问答：

	是	否
是否撒谎过？	☑	☐
是否作弊过？	☑	☐
是否偷过东西？	☑	☐
是否自私过？	☑	☐

看看这张表让我看上去有多坏？即便我现在看到也会想：这哥们儿看上去是纯粹的邪恶。但在你悠闲地走进法庭，以新晋大法官的身份坐下来的时候，应该翻回第一章，你将会想起

我讨论过“前因后果”这个词——事实背后的细节。

诚然，我撒过谎。我跟爸妈撒谎说写完了家庭作业，跟老师撒谎说自己迟到的原因，六年级的时候跟斯泰西·诺尔曼撒谎说我爬过珠穆朗玛峰（她长得好看，喜欢假期探险，我这么说不为过吧）。但我从来没有撒过这样的谎：“没人跟我说他坚果过敏啊？”或者“我来的时候他的仓鼠就已经死了。”

我作弊过吗？你玩过 UNO 牌[1]吧？玩过？那你一定跟我一样作弊过。别搞得好像你从来没看过旁边人的牌一样……我也从网上抄过一两次地理课的家庭作业。但是，大哥，这是地理课唉。

偷东西？确实不值得自豪，我六岁的时候从朋友伊尔凡家偷过一个风暴兵[2]，他有大概十二个，我一个都没有，所以在六岁的我看来，那是天经地义的。我爸妈叫我还了回去，我因此讨厌他们，但实际上我是讨厌自己。对此，我至今仍然感到抱歉。

自私过？喂？我可是个十几岁的男孩！你先找到一个跟我一般大的孩子，坐着热气球周游世界，给生病的动物治病，为无家可归的人造房子，再来叫我恶棍也不迟。

我想说的是，我没想要女王给我授勋什么的，但我知道对

[1] 一种纸牌桌游。
[2]《星球大战》系列中的一个兵种。

错，我又不是伏地魔[1]。

所以，如果我听起来满腔愤恨，那是因为我当时确实是这么感受的。坐公交车和爸妈一起回家，我处在愤怒的沉默之中，我感觉到愤恨，深沉、刻骨，似乎无法消散。

公交车缓缓停下，爸爸站起身。

“好吧，我还有别的会要参加，好极了。我要去坐地铁了。今晚见，我的宝贝。”

他吻了妈妈冰冷的脸颊，然后转向我。

“就……听你妈妈的话，好吗？”

我点点头。**爸爸当得不错，老爸。**

他跳下公交车，妈妈和我在尴尬的沉默中继续乘车。

公交车到家门口的时候，我决定破冰。

“妈？”

她正在翻包找钥匙。

“嗯？”

在她找到钥匙之前，我掏出我的开了门。

“你还生气吗？”

我开门的时候，她有一瞬间是感激的，但手机上的一条信息又让她锁紧眉头。

“要上班了，我得进去拿一下工牌。”

---

[1]《哈利·波特》系列中的反派角色。

她从我身边走过，我跟着她上了楼，我的问题还没得到回答。

“其实是伤心而不是生气，小卡。我只是想让你做好。”

“我其实做得还行啊。”

“不能还行，得是好。”

这让我很恼火。

“什么？像马尔基那样吗？”

“别这样，小卡。”

她在内门前停了下来，我追上她，与她面对面。

“什么意思？”

“你知道是什么意思。搞得像是我们偏袒谁一样。”

我打开门，她径直走向自己的房间。我跟着她。

“那你们偏袒吗？”

我站在走廊上，她头也不回地喊道：“这个问题甚至不值得我回答。”

她拿着国民医疗服务体系（NHS）的工牌和胶底帆布鞋出来了。

“你知道不是这样。”

我知道。

“就像弗伦奇老师说的那样，你今天好好反思吧，好好弄你表演的节目。星期五炸翻全场，到星期六，你就能庆祝了。

至少能把你的手机拿回去。”

我点点头，没有笑，但我不得不说：我欣赏妈妈在尝试幽默，不论是多么微小。

她拍了拍我的胸膛：“今晚见。”

“好。”

该死的，文字。

第十五章

当你死了，在卡姆登要做的事情

我靠在关上的门后，掂量着一个选项：至少接下来六个小时，我会单独一个人，没有手机，没有干扰，有很多时间来完成这首愚蠢的诗。但此时此刻，它比其他任何时候都更像是一件苦差事。

我坐在厨房桌子边，手里拿着圆珠笔，盯着一张旧手机账单的背面，至少有一个小时——也可能是十分钟。不管怎样，这似乎会永远持续下去。

我沮丧地推开椅子，打开冰箱，呆滞地盯着冰冷的食物，而不是纸张。然后，我猛地把冰箱门关上，呆滞地盯着墙。

这是上午我唯一干成的事情，就是呆滞地盯着东西。如果奥运会什么的有呆滞凝视比赛，我绝对能夺得奖牌。

然后，在我这么多的呆滞凝视中，盯着墙的那个结出了果实。有线电话！因为智能手机太智能，几乎取代了人脑，因此在我手机里的所有联系人中，我只准确地记得三个号码。我永远也记不住爸爸的，也不想记马尔基的，所以只剩下亚历克丝、妈妈和兰舅的号码了。

亚历克丝在学校上课，那么只剩下一个人可以把我从呆滞凝视世界锦标赛中解救出来了。

“真巧了，”兰舅在电话那头愉快地说，“我正要去汉普斯特德野生公园。在车站等我，我们去感受一下大自然。”

我猜，汉普斯特德野生公园之于伦敦，就像中央公园之于纽约，一处泉眼之于撒哈拉沙漠，它是一片绿洲，一个重新焕发生机的地方，隔绝了周围的疯狂。每次爸妈提议去汉普斯特德野生公园漫步，我都会抱怨，但每次去了之后又会享受其中。除非天气寒冷、潮湿，或者兼而有之——每年至少有一半时间是这样。

幸运的是，我在车站外跟舅舅打招呼的时候，正好是每年的另一半时间——每个星期只有一半的时间在下雨，剩下的时间其实是温暖的。兰舅扯了扯旧木吉他的肩带，让吉他落在背上，然后跟我来了一次我们两人的传统握手:击掌、击掌、击拳、手指舞动。

“天气真不错！”

他说得对。天空中只有丝丝缕缕棉花糖似的云，太阳也在拼尽全力击退来自斯堪的纳维亚的风。每次跟舅舅在一起，他的眼里总是闪着会意的光；这一次，他似乎是在说："别忘了我们为什么在这里。"

"有点儿讽刺，是不是？"

"什么？"我不解。

"每个人都是为了逃离城市的疯狂才来到这个宁静之所，但我们来了之后做了什么呢？花最多的时间来羡慕城市的疯狂。"

"哦。是的，我想是吧。"我说着，坐到国会山顶点的长椅上，远眺那著名的天际线。

"你最讨厌你们班的谁？"

"嗯……可能是托松·肯德尔吧。"

"在这下面的某个地方，托松·肯德尔正在体育课上做开合跳。"

我们俩都笑了，然后我看了看手表。

"其实现在在上地理课。"

"好吧，那他可能在转地球仪。还是说得通的。不管怎样，这就是为什么我永远也不明白为什么要你停课。"

"基本上就是休息一天。"

"对。这也是为什么你要在我们离开之前完成你的那篇口语诗作品。要是乔斯琳发现了，我就要被杀虫剂毒死了。"

我点头表示同意："我只是……有点儿想不出东西来。"

“即便是最杰出的大脑，要想出好东西也很困难。”兰舅挥动一只手指向城里，“你看看那些建筑。你想想，得是怎样的建筑天才，才能建造出来一座像对讲机的建筑，还有一座像嫩黄瓜的建筑。然后一些伟大的头脑给它们起昵称叫‘对讲机’和‘嫩黄瓜’。你说他们就没有哪天不在状态吗？”

“嗯……”

“跟情感有关。就是……你现在是什么感觉？”

“其实很放松。”

“我是说你总体上的生活。一切都完美吗？”

“哈。不是！”

“就把那种失望利用起来。比如，你今天早上离开学校的时候是什么感觉？”

“别提了，我跟爸妈一起坐公交车，那真是……”我拉长了脸。

“煎熬？”

“是的。怎么说呢，我跟他们在一起，但我是孤单的。”

兰舅的脸放光了。

“你看！这就是情感！”

他拨动了吉他上的一个和弦，然后停了下来。我的眉头皱起一个充满疑问的弧度。

“情感，就是让人能感觉到什么。我跟他们在一起，但我是孤单的。这就打动了我！”

他又拨动琴弦，开始吟唱：“这座我称之为家的城市有人口九百万，每个人紧密相连，却又形只影单。”

“这是哪儿来的？”

兰舅笑了。

“你之前没听过吗？这来自卡姆·泰勒的大脑！你带笔了吧？好，来写第二句。你还有什么感觉？”

我们就这样继续下去。接下来的二十分钟，我们逗笑了附近几个游客，然后又惹恼了好些别的游客。我们漫无目的地游走，在小路上来来回回，穿过树，绕过湖，相互抛出押韵的句子，一起嘲笑写得不好的，用更好的句子惊艳对方。时不时地，我停下来把最好的对句记下来，兰舅为表演提出了很多不同的节奏和语调。

也许是因为不在家里，不在学校里，拥有这样的物理空间，或者只是因为跟兰舅在一起，我能感觉到，正确的文字正在回到我身上。突然间，我在说我想说的话了。

当我们坐在一棵倒下的树上，朗诵着整首诗的时候，感觉时间像未曾流逝一样。我不敢相信。

“你搞定了！”兰舅咧嘴笑了。

“我搞定了。”我点点头，暗自感到震惊。

晌午的阳光穿过头顶的树叶，温暖地照在我们身上。兰舅看着我："吃冰激凌吗？"

"耶！"

我们慢步走向福音橡树站，在一处跑道前，一辆冰激凌车正在做着五岁以下孩子的生意，他们刚上完托儿所，还没上小学。我们走到前面，下了单，拿到了两个冰激凌。兰舅轻轻地用他的冰激凌碰了碰我的，然后笑着说："干杯。干得漂亮，伙计。"

"干杯！"

"五英镑，谢谢。"

兰舅回头看了看卖冰激凌的人，拍了拍口袋，然后看了看我，咬牙切齿地吸了口气。

"你有五英镑吗？"

第十六章

精神潮湿的艺术

我强烈推荐大家读这一章，读完之后把手机丢掉几天。

当你不用口袋里的小型电脑来替你思考一切的时候，你才知道大脑能发挥这么多的功效。不要误解，我从没选择抛弃手机，我思念它，就像思念一个死去的亲戚，但是利用空闲时间能做太多事情了，而平时这些时间都用来看视频了，视频的内容无非是人从什么东西上摔下来，摔进什么东西里，摔到什么东西上，从什么东西里摔出来。

而现在，从汉普斯特德野生公园回家的短暂旅途上，我正在记诵这篇口语诗作品，在脑海中背诵了一路，直到来到家门口，回到自己的房间后，再把它放声朗读出来，然后在电脑里输入整篇作品。下午爸爸回来的时候，我正在门厅里爸爸的小桌子上打印。总的来说，我感觉相当良好。

我现在的状态按他们的话来说叫“精神高涨”。高涨，同时无援。

“搞定了！”他关上门的时候，我高喊。

“哈！”爸爸笑了，“你妈会开心的。”

我感到一丝失望。那你呢，爸爸？我想。是不是只有妈妈开心你才会开心？我的天，老爸，什么时候你才能有自己的意见？

我耸耸肩，把两张纸拿回自己的房间。

我的兴致不会被抑制。

我再也不会用玩世不恭的笑话来隐藏我的情感。这是新的小卡，小卡 2.0 版。这是一个不用嘲笑人或物就能写出严肃的创意性文字的人，一个不需要在网上寻找喜剧灵感的人，一个有话可说的人。

我站在卧室中央，手里拿着纸，闭上眼睛，试图背诵文章。背到一半，我听到一阵缓缓的鼓掌声，转头看到马尔基穿着校服站在门口。他在窃笑。

“哇哦，你现在是说唱歌手了是吧？”

“这是口语诗。”

“哦，是我的错。口语诗——这是能力做不到说唱的时候就会做的事情。”

“我不期望你能明白，马尔基。你干过的最有智力含量的事情是仰卧起坐。”

“是吗？我想我作了一个明智的决定。”他像挥舞扇子一样朝他的脸挥舞着五张长纸条，“弄到了明晚表演的门票。”

“你也去看表演？”

“和戴恩、TJ一起，我们可不会错过这场年度大戏！我想看看那个袜子小哥，感觉他有什么病。当然，也给你一些……怎么说来着？精神支持。”

我们相互盯了几秒，然后他转身离开了。我不喜欢他说“精神支持”几个字的方式，听起来像是“言语虐待”。他是我最不想看到出现在观众席的人。但是，嘿，我是小卡2.0版——我才不会苦恼，不会复仇，也不会被干扰。有那么一些雨滴落在我的精神上，但我为精神撑起了伞；我基本上没被淋湿。

妈妈到家时，我听到了她惯常的招呼，这一次她敲了我的门。她探头的时候，我正懒洋洋地在床上看漫画。

“你不是一整天都在看这个吧？”

“我正处在停机时间。”我骄傲地笑着，冲她挥挥打印纸，“我已经为明天做好准备了！”

她伸出手掌，以示拒绝。

“别给我看，”她说着，然后笑了，“我想等明晚来个惊喜。”

我点点头，把纸张反扣在桌子上，她挨着我坐在床边。

“干得好，小卡。我是真心的。你本来可以一整天都在生闷气的。我为你骄傲。明天就是新的开始，同意吗？”

“同意。”

“我在想——重新开始想——也许我们应该看看你怎么度

过停机时间。”

“你是什么意思呢？”

“就是，你要做什么，跟谁做……”

“我什么也不做。也不跟谁做。”

“亚历克丝呢？”

“哦，又来。妈，她是我最好的朋友。”

“最好的朋友通常带来的影响最大。”

“我自己有脑子。为什么总是回到这个话题上呢？”

“问题就出在这里，对吧？为什么这么多年来，我们还是担心亚历克丝？”

“不是我们担心，是你担心！”

“这是个老问题了。我只是说，对你来说，她是你身边最好的人吗？我想说的是，她有点儿……”

“有点儿什么？”

“古怪。”

“好吧。所以你是说，因为她有趣，我就要抛弃她？”

“我的意思是，明年是你生命中最重要的年份之一，我不想你荒废了。”

“什么？我最好的朋友通过友谊逗我开心叫荒废吗？”

“不要过度解读我的话。”

我似笑非笑。

“不，你做的才是。”

爸爸的声音从厨房传来。

“小卡！你过来弄下桌子可以吗？”

感谢爸爸的介入，我起身出门。

“小卡……”

“我什么时候能拿回手机？”

“我们之前说好了，表演之后。小卡，听着——”

“好。能跟朋友联系真棒。”

我走出去，讽刺的语调还在我身后的空气中盘旋。

我的精神之伞遭遇向上的强风，然后“啪”的一声向后折断，让我介于湿与湿透之间。

第十七章

不错的一天

“等下。如果他们不想，那为什么来呢？”

“不是他们不想来，而是他们想来的理由不对。”

早晨，我们坐在公交车上，亚历克丝的脸上扭出一个疑问。车停了下来，等一个老奶奶过马路，她在斑马线上蹒跚着，拉着同样蹒跚的年迈狗狗。我低头看着那两张自汉普斯特德野生公园回来之后就几乎再也没离开过我双手的打印纸。

“马尔基只想看我出洋相，我妈只想让我拿诺贝尔奖，而我爸……其实我不知道我爸想要什么，我都不确定他自己知不知道。”

“但你是为他们做的吗？”

“我……其实有点儿。但是，我觉得我更多的只是想证明自己可以。”

“那就行动吧。你就像雄海马。”

“啥？”

“那个，雄性海马是……”

“会怀孕的，我知道，但那跟……”

“因为！你……”亚历克丝皱起眉头，然后迅速睁大眼睛，看起来对自己的比喻充满意外的满足，“你不需要别人给你孕育点子！”

“但它们首先还是需要雌海马让它们怀孕呀。”

“好吧。嗯……你舅舅帮你写了诗，对吧？”

“是口语诗。”

“口语诗。所以我猜……他是雌海马？”

“我……不确定可以这么说。”

亚历克丝耸耸肩。

“嘿，我只是在鼓励你呢。”

“好吧。那个……谢谢。”

她的眼里闪过一丝痛苦，然后眼睛一眨便消失了。

“不管怎么样，我会去的，为你加油助威。我是你的气氛组，是你的啦啦队。你是雄海马，我是沙丁鱼。我的沙丁鱼兄弟们会喊，哟！呼！加油，小卡，加油，小卡！”

我笑了出来。

“那是科学术语吧？沙丁鱼兄弟？”

“货真价实的动物学术语。”

我们都大笑起来。公交车到了离韦恩布利奇最近的车站，我们和其他一群学生都站了起来。

走到校门的时候，我停了下来，我在想我今晚回到这里时，是凯旋还是溃败。我顿感紧张。

我想到了巴希尔和他的人偶，然后又平静了下来。

第十八章

然后……呼吸

从那一刻开始，这一天就变得奇怪了。

感觉我在那里，又不在那里。这说得通吗？我想表达的是，我在做一件事（上学），但我的思绪在另外一件事（表演）上。我基本上只能想这一件事。

我觉得这有点儿像你特别想拉屎，然后其他任何事情就都不重要了。生活的一切都消失了，你的整个存在都变得简单，就像把一尊雕塑削减到只剩一个目标：拉屎。

你不得不拉屎。那就拉屎。直到宿命似的扑通一声完成，别的都不重要。

在那种情况下，我敢肯定，这个星球上没有任何一个人能在将他们的棕色大便拉进马桶之前完全地放松下来。

而这就是我的星期五。通常我喜欢星期五，原因不言而喻，但这个星期五却令我混乱：信息与通信技术课、历史课、课间休息、双门数学、午饭、法语课、艺术课……都向我涌来。老师说的话被我大脑中背诵口语诗的声音打乱，破碎成片，话语肆意戳进我的大脑，就像某个恶霸指着我的脑袋。

下午的艺术课上，索尔特老师在讨论西斯廷教堂标志性的穹顶壁画时，我一度冲着脑海中嘈杂的噪音重重地咕哝道："闭嘴吧！"

"你说什么？你有什么要补充的吗，小卡？"

"嗯？哦！没，没有，抱歉老师。只是……呃……耳朵里有点儿嗡嗡声。"我拍了下手，双手指着白板，尽量表现出"我在听"的笑容，"十六个教堂[1]。我从第一个就开始听了。"

索尔特老师翻了个白眼，全班都笑了。我呼了口气。

恢复正常。

好吧，是部分正常。

你看，正常来说，我会盯着索尔特老师头顶上那个大钟的分针，一直盯到下午3:28。然后，从3:29:50开始，亚历克丝和我会按时拍脚倒计时十秒，迎接上学期间最美好的两天：周末。

亚历克丝准时拍脚，但我的脚跟灌了铅似的。我觉得胃痛，好像它挤到了其他器官的位置。我看着两个嘻哈芭蕾女孩激动地从包里掏出相同的浅口女鞋，上面镶嵌着假钻石，并用永久性马克笔写着无意义的短句，比如YO。她们焦急得想破门而出，直奔向最后的排练。

---

[1] 西斯廷（Sistine）教堂的英文发音听起来像英文数字16（sixteen）。

我们的最后排练。

“同学们，到下个星期五是评估周！”三十个不耐烦的孩子正收拾书包准备夺门而出，索尔特老师压过如雷的嘈杂声喊道。

“你不走吗？”

我呆呆地望着外面，像是被催眠了。

“可能吧。可能我今晚会睡在这里。可能我就住在这里，在书桌下面。”

亚历克丝摇摇头，同情地笑着，教室正在变空。索尔特老师收拾着包，抬起头来：“有什么需要帮忙的吗，小卡？”

“他今晚要在这里睡觉。”亚历克丝说，把我从催眠状态中拽了出来，此时，梅迈特和默从我身旁走过，跟着其他同学出去了。

“哟，你这是无家可归了吗？”

“这就是踢鸡的后果吗？”默插嘴道。

“抱歉，老师。”我说着，跳了起来，跟着其他人一起出门。索尔特老师又开口了，我们闻声转头。

“期待看你今晚的表演。”

我挤出一个奇怪的笑容，然后转身离开。

亚历克丝和我坐在学校附近商业街的一家外卖炸鸡店里。全员到齐的“三默一体”挤在咫尺之遥的邻桌。

“真的真的不错。”

“真的吗？”我满怀希望地问道，此时我刚刚低声念完我的作品，将两张 A4 纸叠起来塞进我的屁股口袋里。

“是的，”亚历克丝说，举着一只啃了一半的炸鸡翅，“我觉得他们家换了新配方，外面那层面衣。”

“笨蛋。”

她笑了起来，我也忍不住窃笑。

“说真的，挺好的。你就认真地表演吧，两分钟就结束了，对吧？”

“我从来没这么紧张过。我不明白。是真的紧张，胃难受。”

“你应该拉屎。”

“什么？”

“可能有用。”

“我正在吃饭呢。”

“不是现在，是等会儿。拉泡大的，得擦五六下的那种。”

我把自己吃剩下的那个鸡翅扔回盒子里。

“谢了。”

“不客气。”

亚历克丝盯着自己的手机，我则盯着窗外忙碌的伦敦人。每个人都行色匆匆，过着不需要公开演讲、不需要表演、不会尴尬的生活。

“哦，对了——”亚历克丝把手机递给我，让我看屏幕中央的时钟，“你现在不是应该在进行最后的排练吗？”

“不是。”

“嗯？为什么不是？”

“我只是想集中精力。我不想乔杜里老师或者米勒老师告诉我该怎么做，或者照着什么做。我就想这么做，只做一次，然后就停。”

“不提前演练吗？”

我拿起一根没吃的鸡翅，笑着说：“不。”

我咬了一大口，嚼了嚼咽下去。

“我要即兴发挥。”

第十九章

即兴发挥

没有手机比想象中要方便。最后一次排练是下午四点半到六点半，七点观众开始入场。根据我的判断，亚历克丝和我可以去电影院看场电影，回来仍然赶得上表演。手机不在身上，就没人能阻止我了。

除了亚历克丝。

“你确定吗？”

我拿出青少年津贴卡，在卡姆登剧院门厅的机器上买了两张电影票。

“阿亚，我一分钟也不想做跟表演有关的事情了。我得做些完全不同的事。”

亚历克丝的手机响了。她看到屏幕上闪烁的数字后定住了，然后把手机递给我看，是学校教务处。

“拒接！”

“真的吗？”

“真的！”

亚历克丝拒接了电话，把手机放回口袋，电话又响了。还是那个号码。她质疑地看着我，我警戒地摇摇头。

我们都站在那里，被铃声震住，直到亚历克丝的脸突然从困惑变成坚定，她划开手机，接了电话。我睁大了眼睛。

“喂？”

我冲上去抢电话，但亚历克丝太快了。她像功夫大师一样躲开我，然后举起手指，做出口型：“相信我。”

“……好……”

停顿。

“是的，我跟他在一起。”

我又冲向她，但这一次她闪身太快，躲开了，我差点儿脸朝地摔在黏糊糊的地毯上。

“是……”

停顿。

“不，他正准备去排练，但发现把表演服装忘在家里了，所以我们……”

停顿。

“呃，衣服还是相当精致复杂的……有很多东西……帽子、还有那个……那个……”

我挤眉弄眼，做出口型：“搞什么鬼？”

“羽毛……”

还有羽毛。

“是的，他不想在没有它的情况下表演。他会过去参加表演的。”

停顿。

“你能和他说话吗？”

亚历克丝看着我。我拼命摇头。

“当然，稍等。”她把手机递给我，捂着听筒低声说：“是乔杜里老师。别担心。尽在我们掌握之中！”

我想了想，亚历克丝说得对。如果他们都打电话给她了，说明他们可能已经打过电话给我爸妈了。最好不要让事情恶化。我毫不费力就装出慌乱的语气和他说话。

“是乔杜里老师吗？嗨……抱歉抱歉。”

“小卡？我们从来没说过要表演服装呀。你不需要——”

“服装真的会有助于表演，老师。它会赐予我信心，你知道吗？”

一声无奈的叹息从亚历克丝的电话那头传来。

“好吧。只是……别迟到了。我说真的，小卡。”

“好的，老师，我也是认真的。这些羽毛可不是闹着玩的。”

我挂掉电话，把手机还给亚历克丝，她没出声地笑得人仰马翻。我感觉难以置信，冲她皱起眉毛。

“羽毛？你来真的？”

“这招可救了你。”

我笑着摇摇头，递给她一张票。

我们兴高采烈地离开电影院。

电影讲的是第一次世界大战中一个少年士兵不得不穿越敌人的阵地，把一条重要的信息送给另一支军队。电影让我受到了鼓舞，充满英雄气概。我就像那个少年士兵的更年轻、更弱、生命危险更小的版本，我也有自己的信息需要穿越敌人的阵地来传递。在韦恩布利奇中学的舞台上，唯一有生命危险的就是我的社会生命。

代价依旧高昂，在坐公交车回学校的路上我想。但你猜怎么着？

我做好准备了。

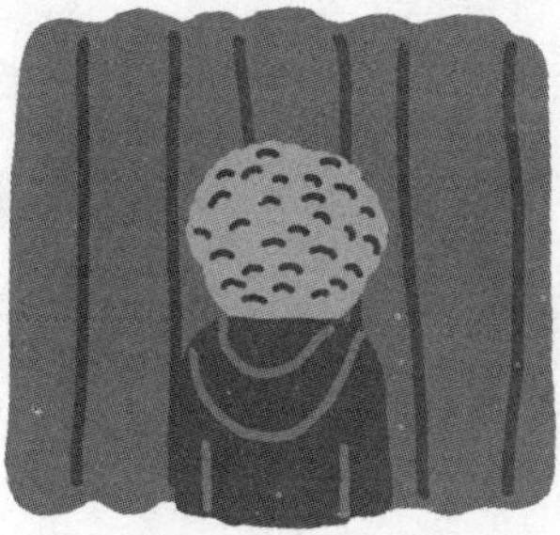

第二十章

分水岭

文字最好的地方之一是，不会一成不变。

它们像是有生命的有机体，就像我们，就像动物，它们成长、变化，最终进化。有些文字一开始是这个意思，但后来不知怎的，意思变得完全不同。有时候它们是你很少听到的古怪文字，有时候它们又变成你天天听到的——你可能甚至经常用的——文字。

我知道这一点，是因为当我不明白它们的意思时会去查。这听起来可能像是在把家庭作业当乐趣来做，但相信我，我从来不干那种事，因为我不是神经病。我只是需要知道别人在说什么，以便我知道我在说什么。

用一句比喻来概括就是，当涉及文字意思的时候，我会钻进比喻的兔子洞里[1]。我知道一些可能不需要知道的东西，但我并没有把它们全保存在自己的脑子里——人还是要分掉负

[1] 钻进兔子洞是英文中常用的一句比喻，出自《爱丽丝梦游仙境》，意思是进入某种美妙、困惑、荒诞的境地。

担的。

但是，如果这让你不爽或者无聊怎么办？尽管跳过这一章，但记住，如果你跳过了，你会错过我身上发生过的最疯狂的事情之一是如何一步步发生的。选择权在你。

我等你决定。

好了吗？

酷。

一切发生在我八岁左右时，我在一本漫画里读到了“精神抖擞”（feisty）这个词。我想知道它是什么意思（总体上是激烈的、兴趣盎然的，比如流行歌手的伴舞），但在词典的解释里，我发现了关于这个词的简短历史。

请忍耐一下。

在人们还穿着麻袋、吃老鼠得病的古英语时代，fist（拳头）是 fart（屁）的俚语。我知道好笑，但它是真的。明白吧？

随着时间的推移，fist 演变成了 fice[1]，它的释义是：“一股从后面排出的小型气流，鼻子比耳朵对其更敏感。”经典。然后，一种气味很大的狗变成了 fisting cur。很快，任何爱叫的小狗都被叫作 feist。

长话短说，下次你想展示一下精神抖擞（feisty）时，记住：

[1] 1811 年的一本俚语词典认为，老太太常用 fice 指责自己的小狗放屁，后常用 fice 形容小狗。后文出现的 feist 是它的替换形式。

你本质上是在说自己是一只放屁的小狗，我们在一英里[1]开外就能闻到你。

有时候，文字最开始都是其本来的意思，然后慢慢变成其他事物的比喻。

我给你举个例子：

“tenterhooks”（如坐针毡）刚刚诞生、还是个天真无邪的小孩子时，绷布架（tenter）上的钩子（hooks）就是它本来的意思。那是十四世纪，也即梗元前七百年[2]，那时候手艺人会把新织好的棉花撑开，把里面的油和土弄出来；tenter是一种木制的架子，而钩子就是……钩子，手艺人会把棉花放在上面撑开。久而久之，当人们感到有压力或焦虑时，就会形容自己像是被挂在绷布架的钩子上——被撑开并紧绷。

“watershed”（分水岭）这个词也是。1800年代，当它还是一个大大咧咧、穿着连体衣的小孩时，是用来形容将一条河分成两个部分的土地，所以shed就是土地，water就是河。但现在它被用来形容让一切发生改变的时刻——事物走上另一条路，就像河流一样，无法倒流。

它们永久地改变了。

---

[1] 约为一千六百米。

[2] 此处原文中作者故意将“公元前”的英文BC的全称Before Christ写为Before Cat-memes，译成中文为“关于猫的网络梗图出现前七百年”，也就是二十一世纪前的七百年。——译者注

好了，已经感到无聊的伙计们，或者喜欢假装自己知道这些词是什么意思的人，从下面开始你的第二十章。

于是，我站在那里，在学校礼堂舞台的一边。

如坐针毡，但精神抖擞——等待着我的分水岭时刻。

我躲在帷幕之后，观众看不到我，但我能感觉到每一个观众的存在，他们的眼睛用某种方式穿过了织物。乔杜里老师尽量近地站在我边上，非常刻意地不让我离开她的视线，一部分是因为她怕我一个星期内第三次跑路，一部分是因为她可能在想我什么时候拿出让她如雷贯耳的“卡迈克尔和他那美妙的五彩斑斓的梦想之帽”。

我拉上了幸运帽衫的拉链。在炸鸡店里，我没对亚历克丝撒谎——不用排练，我要即兴发挥。从字面上来说，我就像来自两百年前的演员，没有准备就登台，在舞台侧翼助手的推动下起飞。飞起来。飞翔着，祈祷着。[1]

我比这些人准备得更充分，我想。或许排练不够，但精力过盛，我突然间做好了闪耀全场的准备。

我看向舞台。伴随着观众席礼貌的笑声，巴希尔越来越绝

[1] 即兴发挥（wing it）中的wing，在英语中有侧翼、飞行的意思。

望地试图通过旧袜子这种媒介来传递对世界政治的有趣解读。在他之后表演再完美不过——没有噱头，只有简短的、尖锐的、直面难题的、诗性的、发自内心的真实对话。我冲自己点点头，这其实可以很棒。我伸长脖子，转动脑袋，耳朵贴向肩膀，从左往右，就像我在电视上看过的专业运动员那样。当然，这对身体不会有丝毫帮助，但看起来和感觉上都很酷。乔杜里老师注意到我在准备。

“还有几分钟。准备好了吗？”

我点点头。

第三次伸长脖子时，我注意到幕布里有一条细小的缝隙，我借此看见了外面的敌人阵地。

米勒老师坐在舞台脚下，第一排的前面，满脸笑容，点头鼓励，默默地做着每个表演者的啦啦队。

弗伦奇老师坐在礼堂一侧的健身凳上，正在系自己的旱冰鞋鞋带。他似乎也穿着芭蕾舞裙。老天，保佑我们吧！

一大群工作人员靠墙站着，其中有三个人身上都有学生设计的海报，上面写着“关掉你的手机”。

扫视舞台左侧的时候，我看到了马尔基、戴恩和 TJ，他们笑弯了腰，相互拍打，指着巴希尔，然后用手模仿他。我的爸爸妈妈坐在他们身后，妈妈时不时地叫他们小声点儿，爸爸双臂交叉，点着头。

我能看到的唯一的电子产品是我最喜欢的地理老师斯蒂尔曼拿着的，她背靠最远端的墙，通过一个学校发的平板电脑看着表演，偶尔怒视我哥及其死党。

我又看回巴希尔，为他感到一丝难过，也为自己感到一丝害怕。

“结束了。”乔杜里老师低声说，我转过身来，她用头指了指巴希尔，双手准备鼓掌。

“世界真的是由……人偶掌控的！”巴希尔兴致勃勃、自信满满地喊出最后一句台词，搞得人忍不住想向他脱帽致敬。说到帽子……

“你的帽子呢？”

乔杜里老师跟观众一起鼓掌的时候，睁大眼睛盯着我。巴希尔欢快地从我们身旁经过，米勒老师跳上舞台，继续承担着主持人的职责。

“谢谢你，巴希尔，真是令人难忘的表演。现在是时候听一些口语诗了。一位非常有才华的学生写的一首街头诗歌——我知道他有才华，因为他是我的学生，而他总是见贤思齐，咳咳……”

听到“街头诗歌”这个词，我有点儿尴尬。我低声回答了乔杜里老师，然后被自己的斩钉截铁惊到了。

“你说得对，不需要那顶帽子。让文字尽情发挥吧。”

"……女生们，先生们，让我们用热烈的、温暖的、韦恩布利奇的方式欢迎……卡迈克尔·泰勒！"

第二十一章

卡带

你有没有过这样的时候？早上起床，看向窗外，发现下了一夜的雪；你走出家门，就算不是百分百了解但也算熟悉的街道，却变得完全认不出来，陌生到你可能会迷路。

这大概就是我走到舞台中央的麦克风旁时心里的感受。

世界变了。

礼堂不再是吃午饭的地方，舞台不再是叠放椅子的地方，而这些盯着我看的人，冷若暴风雪。

米勒老师回到了自己当啦啦队的位置，冲我竖了两根大拇指。掌声渐渐停了下来。

突然，一片沉寂。

因为缺乏噪音而恍若耳聋。

我微微调整身体重心，听到脚下的木地板发出吱吱呀呀的声音，跟战争片里的炸弹一样响。

我张开嘴，听到——也许是人生头一遭——我嘴唇里发出的每一个细小的声音。

超级奇怪。

空间变了，声音变了……时间变了。

我感觉自己好像已经站了很久很久。我看见我那充满期待的父母，然后看到马尔基扬起眉毛，像是在说："来啊，蠢货。"我看见斯蒂尔曼老师盯着平板电脑看，然后看到坐在第三排的亚历克丝，她微笑着点着头，口型在说："你可以的。"

"嗨。"我说道。离麦克风有点儿太近了。

强有力的开场。我沙哑的声音又回到我的耳边。我往后退了一点儿，从自己的屁股口袋掏出揉皱了的纸。

"我朗诵的题目是《孤单，在人群中》。"

马尔基哼了一声。

蠢货。

妈妈在身后推了推他。我清了清嗓子。

还是那条街

还是那辆巴士……

我停了下来，听到了几声窃笑。马尔基晃动着脑袋，张着嘴，像是腹语表演者的木偶，愚蠢地模仿着我。我和他对视，他做出一个"谁，我吗？"的表情，然后示意我继续。我继续了，但朗诵的时候一直盯着他。

你

我

这是我们……

他又玩那招，嘴巴开开合合，做出斗鸡眼。我的胃翻江倒海，我另一只空着的手紧紧握成拳头，紧到我感觉指甲嵌入了手掌之中。我继续咬牙切齿地念着。

每个人紧密相连，却又形只影单。

有数百万人，而我——

“而我现在能回家就好了！”戴恩插嘴道。TJ 和马尔基无声地大笑起来。

我要是有一颗第一次世界大战的手榴弹就好了。

大人们低声咕哝和咂嘴的时候，学生们跟着我那愚蠢的哥哥及其跟班一起在笑。我妈用手提包狠狠打了他的头，他们笑得更凶了。弗伦奇老师大喊：“大家别闹了！”然后生气地向那三个人走去。他忘了自己还穿着芭蕾舞裙和旱冰鞋，在观众席正中央即兴表演了一场滑稽剧，他们笑得更凶了。斯蒂尔曼老师缓缓放低平板电脑，恐惧的表情扭曲了她脸上的线条，我希望她能意外地拍下自己此时的照片，然后发送给我。

所有的注意力都没了。

破碎了。

亚历克丝抬头看着我，感到超级尴尬。

米勒老师请求大家安静下来。

妈妈怒容满面。

弗伦奇老师踩着旱冰鞋，在我爸爸的帮助下，把马尔基、戴恩、TJ 押到墙边，工作人员都坐在或靠在那里，我听到爸爸代表马尔基道歉。代表马尔基？为什么他要帮那个傻蛋道歉？我一度以为他要说什么特别逊的话，比如“男孩子都这样嘛”，我脸颊的温度又升高了一大截。

我站在麦克风后面，观察着混乱的场面。

直到今天，我也不知道我当时为什么没有直接走下台。

我想可能世界真的变了，我只是冻住了，看着落雪将它改头换面。

乔杜里老师现在也上台了，她既为她组织的活动担心，也为我担心。弗伦奇老师稳住了自己，面对着这场主要由年轻人引起的混乱场面，在一旁大喊：“好的，拜托！谢谢了！让他们安静下来。米勒老师？”

他恳求地看向兴奋的主持人，她正在尽职地跟着乔杜里老师一起跳来跳去，伸出双臂，手掌向下做出扇风扇的动作，她们俩都在让吵闹的人群安静下来。

米勒老师站在我前面，身体前倾，冲着麦克风大声说话：“咱们再试一次，好不好？再来一轮掌声？”

她拍着手，鼓励大家一起鼓掌，然后跳到舞台前面。这么做所产生的效果说是微乎其微都是在夸大。此刻，我的脸肯定跟头发是一个颜色。

我不情愿地举起我那两张受过诅咒、令人同情的纸，走向麦克风。从头来过。

斯蒂尔曼老师再次举起平板电脑。

我看着开头的几句话，好像我不认识它们似的。

我抬头看着骚动的人群，也像是不认识他们似的。

很多学生依旧在笑，在指指点点，要么是指我，要么是指马尔基或弗伦奇老师。

我把两张纸放低，与腰部持平。

“我为我哥他们那帮人道歉。对他们来讲，接受有文化的内容不太容易。我是说，戴恩到现在还以为蒙娜丽莎是怨女的昵称呢。”

亚历克丝哼了一声。几个年纪较小的学生对我的吐槽感到惊讶。

“至少我没写烂诗！”戴恩的反击赢得了更多惊奇的呼声。

“好了好了，够了。”弗伦奇老师说着，跟爸爸一起把戴恩往门外拽。

“确实，”我冷静地对着麦克风说道，“但你至少得先知道怎么读写吧。”

人群中传出更大声的“哦……啊……”和笑声。

斯蒂尔曼老师再次放低了平板电脑。

我用余光瞥见亚历克丝把手机偷偷掏了出来，然后悄悄地立着放在肚子上，让摄像头对着舞台。

“好的，呃——谢谢……大家好，这是卡迈克尔·泰勒！”乔杜里老师开始说，想给事情做个了结，她向我走来，但新的想法霸占了我的思绪。

看着爸爸向作决定的人鞠躬，看着妈妈摇头失望地看着我，透过窗户看着马尔基那帮人，他们被一个穿芭蕾舞裙的男人训斥后依然能夺走全部目光……一阵陈年的沮丧像是在一大锅炖菜里煨着，已经煨了多年，而不是几小时、几天，也许可以一直追溯到我五岁时冰激凌掉进大便里……

我摘下支架上的麦克风，躲开向我走来的老师。

“你们不是想听一些口语诗吗？”我直接向乔杜里老师抛出这个问题，但用的是尖声的、夸张的语气冲着麦克风说，以便观众能听见。几个孩子欢呼了起来，几声“哦”，一两声“耶”。

乔杜里老师绝望地看向米勒老师，后者耸耸肩，点点头，然后从舞台前方的位置转身面向观众。

“有请卡迈克尔·泰勒！”她又说了一遍。

一些学生开始起哄，吹着口哨。家长们和工作人员都尴尬地在椅子上晃动着。

卡迈克尔·泰勒。

各位，这是卡迈克尔·泰勒。

卡迈克尔·泰勒。

我那愚蠢的名字在我灼热的耳边回荡着，我举起那两张纸，把它们放回我的脸前。

“没错，”出于某些原因，我冲着麦克风说，“我的名字是卡迈克尔·泰勒。你们知道为什么吗？因为我的父母是傻瓜。”

不知怎的，我的周围像是升腾起了一个无法逾越的火圈，我从中瞥见了亚历克丝在左右来回地张望，那是卡通角色在鬼屋里确认有没有鬼的时候会做的事情。

感觉到人们不确定这是不是某种反叛的诗歌或别的什么，我屏蔽了这一切，继续说下去。

“是的。我的名字是他们以某个认为自己发明了罂粟籽的老头子起的。我来告诉你们是谁发明了罂粟籽——是罂粟。”

我面前的每张椅子上都充满了困惑。

“所以他们以一个什么都没发明过的发明家的名字，为我发明了一个名字。这要不是为了讽刺，那就是个悲剧啊。”

寂静。

乔杜里老师回到了舞台侧翼，与米勒老师会合，两人小声讨论着。我把麦克风放回支架上。

“我知道你们认为我长得很土。你们可能会觉得这——”我用手在我的头发、头和身体上指了指，“很搞笑。但这……也是我爸妈的错。”

很多个脑袋望向我妈，我爸则从礼堂后面的玻璃门外紧张地往里面看。

“一个苏格兰路灯杆和一个加勒比伊沃克人的私生子，你能从他身上期待什么呢？”

成年人发出了震惊的吸气声，学生们紧张地傻笑着。某处传来一声“哇”——肯定是梅迈特。

去死吧，我想，就算是出洋相——也要让洋相难忘。

“嘿。不用你们说，我知道。矮个子，棕色皮肤，姜黄色头发，我知道我看起来像半支 HB 铅笔。”

更友好的笑声。

“我知道我看起来像是一根棉花糖，我有自知之明。”

大笑，绝对的大笑。

我瞥见站在侧翼的米勒老师的微笑，她似乎正在安抚乔杜里老师。我想，她认为这仍然只是真正表演的开场白。

可能在某种程度上确实是。

但接下来就不是了。

“嘿，这是口语诗，所以我就说一些‘口语’吧。”我故作天真地说，拿出纸中的一张，将它叠成纸飞机。

“它们只是文字，对吧？是的。嘿，听着，我真的希望每年都有才艺之夜，也许明年我们真的能看到一些才艺。”

又出现了吸气声和紧张的笑声。默说了一句：“他竟然说出这种话了，兄弟！”

“别激动，我把自己算进去了。我没有才华，我说真的。你们知道我擅长什么吗？吃佳发蛋糕时，不破坏橘子果酱的部分，能舔到它只有一便士[1]那么大。有人能以此为职业吗？”

观众席上是会意的点头和笑容。

“你们知道吗？我真的感觉我在学校学到了很多。我学到了上学时最好的一天是星期六。”

大笑。

“我学到了‘你浪费的只是你自己的时间’这句话其实并不是威胁。”

更多的大笑，更多的认可。

“只要能让一天过得更快，对吧？嘿，你们知道‘学校’（school）这个词一开始是缩写吗？真的。是‘生命中残忍的六小时’的缩写[2]。看到没？”

甚至有些家长也喜欢这句。

---

[1] 英国货币辅币单位。1 便士约为 0.08 元人民币。

[2] 前面引号内句子的英文是 six cruel hours of our lives，首字母连在一起正好是“学校”的英文 school。

“真是疯狂。谁能想到你竟然可以在这种SCHOOL学到东西。”

响亮的笑声。清脆的高呼。

我身上疯狂的那部分开始享受这场“车祸”。我指着观众席的后面，斯蒂尔曼老师正站在那里惊恐地看着一切，平板电脑在边上放着。

“斯蒂尔曼老师，你选择不录下来是对的。”我同情地点点头，然后身体弓向前排的学生，说：“想象一下，地理老师电脑上存的东西，比地理本身要有趣一千倍。尴尬！”

捧腹大笑。

我最后叠了一下纸张，把它飞向人群中。

我看向右边。乔杜里老师和米勒老师现在已经进入完全的大战了。米勒老师是……想让我继续吗？这是一场为了我的言论自由而战的英雄斗争吗？还是她们两个都在想把我强行弄下去的最好方式？我想可能是后者。

我就摊牌了吧，那个时候我已经不在乎了。我感觉自己在飘浮着。我是一个充满苦涩的氦气球……而他们必须来戳破我了，因为我在飞。

斯蒂尔曼老师去找弗伦奇老师，踩着旱冰鞋的弗伦奇老师已经和爸爸还有马尔基回来了。

“呃哦！”他们进来的时候，我充满戏剧性地点点头，大家都看向后门。

“是三位智者！”

学生们已经笑疯了。家长们试图安抚他们，拿他们的外套。现场有种纯粹的、美妙的混乱。

“尔等给小王爷卡迈克尔带来了什么礼物？”

我从左到右，挨个指了指弗伦奇老师、马尔基和爸爸。

“滑冰侠、没头脑和任人欺。”

至少三十个家长没来的青少年嚎叫起来；低年级的学生则睁大眼睛，拍手，欢呼，对我这个将引发灾难的纵火犯充满敬意。

“我不记得电影《夺金三王》里面有谁是穿旱冰鞋的呀。可能他这个人就是喜欢像滑轮一样滚吧……”

友善的呻吟。

“我想管这个叫‘老爸笑话’[1]，但这么说夸大了我爸的功劳。我倒是想让他对此发表意见，但有自己的想法不是他的强项。不信你们看看他。”

所有脑袋纷纷转向我那瘦长的红着脸的爸爸。

“他的主要才能是从树梢上摘树叶。”

又响起了真正的笑声。

[1] 英文为dad joke，是英语中常见的一种笑话类型，喜欢用谐音，接近于汉语中流行的“烂梗”或“谐音梗”。

我指着弗伦奇老师，夸张地摇头说：“咱们能说说你这身芭蕾舞裙吗？”我不得不提高嗓音盖过全场的大笑：“抱歉啊，弗伦奇老师，但你看起来完全就是个——”

一阵噼啪刺啦声，然后麦克风没声了。真是巧了，我正准备说脏话。

我看向右边，乔杜里老师手里拿着电线的一端站在那里，盯着我。米勒老师跑上台。

我快速地喊道：“晚安，韦恩布利奇！”然后把麦克风扔在地板上[1]。整个礼堂陷入疯狂。

弗伦奇老师怒气冲冲地沿着走廊滑向我，妈妈和爸爸跟在后面。亚历克丝把手机塞进口袋，惊奇地向礼堂四周张望着。米勒老师把一只手放在我的肩膀上。

“咱们走吧，小卡。我想你结束了。”

她说得对。

我结束了。

---

[1] 把麦克风扔在地上是国外在演讲或脱口秀表演结束后的常见动作，代表帅气的收场。

第二十二章

妈斯拉[1]，第一部分

是的，那件事发生了。

现在，我有了新观众：弗伦奇老师、米勒老师、妈妈和爸爸，他们在礼堂走廊对面的七年级教室里，全都面对着我；而乔杜里老师大概正在礼堂里努力让才艺之夜回到正轨。

不过这一次我表演的部分就少了——更多的是意见与问题伴随着指指点点的手指向我袭来，我连说“呃”的空隙都没有，更别说作出什么真正的回应了。这可能反而是好事。我感到奇怪，好像我已不是自己。我的舞台时间让我感觉自己全身像过了电，我的耳朵在轰鸣，同时感到精力充沛、浑身颤抖、无坚不摧和脆弱不堪。房间在旋转。

妈妈的问题把我打回现实：“但你们不会把他永久开除吧？”

“侮辱老师，给学校抹黑，我想我们多少会考虑这么做。”弗伦奇老师说。

[1] 原文为Mumzilla，是作者源于Godzilla（哥斯拉，巨型怪兽）而生造的词，借指震怒的妈妈。

米勒老师看到我妈脸上突然涌现的恐惧后加入了对话："除非是校长决定这么做，而她今晚不在，所以……"

弗伦奇老师接过话头："所以会基于我们的建议、关于事件的详细报告和我们对学生本人的意见。"

他们都看向我。我依次看了看他们："什么？"

"后悔吧，卡迈克尔，"妈妈说，"先从道歉开始。"

"马尔基跟他的狐朋狗友呢？是他们先开始的！"

"他们跟斯蒂尔曼老师和年级主任在外面，他们也会被相应地处理。"弗伦奇老师说，"所以我们先说你，小卡。你到底在想什么啊？"

我看着自己的脚："我没想什么。"

爸爸试图和我对视："然后呢？"

"然后……"我的声音变小，"我……对不起。"

弗伦奇老师双手叉腰，尴尬地把芭蕾舞裙绷紧了。

"回家吧，小卡。"他说，然后抬头看向我的父母，又说："下星期一也别送他过来了，等我们的通知吧。"

老师们陆续从我们旁边走过，回到礼堂里：弗伦奇老师重重地踩着旱冰鞋，米勒老师则痛苦地、几乎是带着歉意地耸耸肩。

只留下我们三人，全都默不作声。我不敢看他们中的任何一个人。妈妈率先打破沉默——没有大喊大叫，可怕的柔声中带着疲惫的失望:“你说的那些都是认真的吗?”

“什么东西?”

“台上说的。关于我和你爸的,你哥的,你老师的。”

“我开玩笑的。”

“我不觉得好笑。”

别人都觉得好笑,我想,但最好还是不说出来。

就在那时,教室门被打开了,马尔基的年级主任把他引了进来,站在门口宣布:“泰勒先生和泰勒女士,马尔科姆为他的行为道歉了,但是下个星期一要停课,星期二和星期三放学后留校。如果你们想进一步详谈,打电话给教务处。晚安。”

我们一家都站在那里,团聚了。毁了才艺之夜的一家人。

“我想比萨是吃不成了。”爸爸说。

“很奇怪,斯图,我不想听笑话了。”妈妈失去了耐心,“看看这俩人。你们让自己,也让对方失望了,非常失望。马尔科姆——你真让我吃惊。卡迈克尔——我都不知道该说什么好。”

这是什么意思?我在想,听起来感觉我哥会比我更容易脱罪。我怒视着马尔基,他也怒视着我。

“但凡我跟你说过的,小卡,用心学习、集中注意力、制订计划……你一个字都没听进去,对吧?”

我耸了耸肩。每次妈妈进入“我还能指望孩子什么”式的谈话状态时,跟她理论都是没有意义的。

“你知道如果你被永久开除，再把你送去一个好学校有多难吗？你最后可能被送去 PRU！”

爸爸疑惑地看着她：“什么是……？”

“学生收容处[1]！那些疯狂至极的学生去的地方，他们用自制的武器袭击老师，在厕所抽烟！”

我又盯着自己的脚。这听起来不太妙，但也不像是一个小丑会被送去的地方。今晚没有老师遭到身体袭击，我没有抽烟，只是文字而已。那句“棍棒和石头”[2]的习语怎么说来着？

几位老师路过这间教室，透过窗户往里看了看，然后又返回了礼堂。

“我们该走了，”爸爸咕哝道，“我感觉这个地方可能已经不欢迎我们了。”

他轻轻地挽起妈妈的胳膊，要领她出去，但她坚定地躲开了，神情冷酷，把双手举到了空中。

“请你不要碰我。”

糟糕。

我们看着她推开教室门，朝走廊走去。我们三个相互交换了下眼神，然后像出庭的犯人一样出去了。我隔着一段距离看

[1] 英文为 Pupil Referral Unit，是英国的一种教育机构，专门为那些无法正常上学的学生（如生病等）提供适当的教育。

[2] 这句习语的全文是“棍棒和石头或许会打断我的骨头，但言辞永远伤害不了我”，意思是不惧侮辱和诽谤。——译者注

着妈妈。她切换了新的生气模式。二十分钟前我还感觉自己刀枪不入，现在我是真的担心了。

走过礼堂的双开门时，我看向了右边。我能听见舞台上播放的音乐，表演重新开始了。透过玻璃，我能看见亚历克丝坐在前排。她抬头看到了我。她望着我的表情非常奇怪，像是一个悲伤的微笑，我永远也忘不掉。也许是我完全误解了，但是那个微笑对我来说就像是配着这样的独白：真是个英雄，可惜你死了。

第二十三章

妈斯拉，第二部分

砰，砰，砰！

我被我房门上的三声巨响惊醒，从床上弹了起来，一开始我还以为是敌军大炮入侵到了我的梦境里。我揉揉眼睛，看了看时间。早上六点。

早上六点？星期六？

这可不是好事。

离开学校到上床睡觉之间的那段时间已经足够可怕了。首先，妈妈加快脚步，怒气冲冲地离开学校，她比我们早到了公交车站。一辆公交车来了，她上了车，把我们留在后面等下一辆。

这是我的第二个**糟糕**时刻，我意识到这件事无法平息了。妈妈勃然大怒，连爸爸都害怕了，而严格来说他并没有惹任何麻烦。

“也许我们最好给她一点儿空间，嗯？”他提议。马尔基和我只是盯着公交车，直到它消失在街角。

好的。

我们到家的时候，她已经把自己锁在卧室里，我想马尔基和我都庆幸不用再面对她了，但也理所应当地担心起第二天早晨我们要面临什么。

而第二天早晨我们面对的就是：太阳刚出来，我的房门上就响起了三声凶猛的敲击，接着我妈开了口，声音出奇的冷静而明亮："快起床！请到厨房来！"

我听到她的脚步声渐渐远去，然后穿过走廊到了马尔基的房门前。搞什么鬼？

五分钟后，我们睡眼惺忪地来到厨房，站在父母面前，我穿着睡裤，光着上半身，马尔基穿着背心和内裤。妈妈的脸上挂着一个大大的、诡异的微笑。

"首先，我们要讨论一下价值和尊重。昨晚你们俩都向我证明了，你们没有认识到学校、老师、家人的价值，对他们也缺乏尊重。所以我们从一个简单的课程开始：珍视和尊重家庭。"

她指向餐桌，上面摆着清洁用品。她把一块抹布塞到我手里，把一个拖把塞到了马尔基胸口。

"你们真得亲自为它做些什么，才会更尊重它。周末，你们要把这间公寓里的每个房间都打扫一遍，从上到下。我说的不是随便洗洗，用用吸尘器什么的。我说的是从上到下！清理天花板和灯具上的灰，拿开每本书清理书架，擦门窗，每一面都擦，拖地，洗地毯。马尔基，你看起来很困惑。有什么问题吗？”

“就是感觉我们俩受到的惩罚是一样的，但我想说，我做的事情可没他那么恶劣，所以——”

“你说真的？”我嘲讽道，“蓄意破坏我的表演——”

“孩子们……”

“那是戴恩！”

“行，行。你可真的是支持你的弟弟呢。”

“孩子们！”妈妈大声说，同时也笑了——这个发展方向令人担忧，“这不是惩罚。这只是第一课：珍视和尊重。你们觉得世界是围绕你们转的，很显然，以前是我对你们管得太松了。”

并没有，我愤愤地想，只是对马尔科姆管得松而已。

“所以这个周末，”她继续说，“是在我治下的全新开始。你们先向我展示对这个家的珍视，对这个家庭的尊重，然后我们再说真正的惩罚。”

我们俩本能地带着恳求的眼神望向爸爸，他毫无意外地带着“别看我啊！”的意味耸耸肩，然后交叉起双臂。

不愧是爸。

第二十四章

来自地狱的可爱小狗

我不适合当童工。其实我是不适合做任何形式的体力劳动，我是属于文字的人。那个星期六，我跟我哥也没有太多交集，我们刷洗、擦拭、抛光、拖地、扫除垃圾、用吸尘器，每次相遇都状态紧绷。

我们唯一一次真正说话是在客厅，那时候爸妈终于出去买东西了，我们抓住机会瘫倒成两个青少年肉团，我躺在地板上，马尔基躺在沙发上。

“真是要人命啊。”马尔基说。

我拖着屁股在地板上往后挪，直到后背碰到墙，然后用前臂擦了擦额头。

“是啊，就是这样。咱们就祈祷别每个周末都这样吧。”

“都是你的错。你知道吧？”

我干笑了一声：“我的错！我只是对你的行为作出反应而已！我本来可以把诗念完，你要是没犯傻，咱们就能享受星期六了！”

“那是戴恩啊，老弟！我是——”

“哦，随便吧，马尔基。你只是不爽爸妈终于看到了你摘下好孩子面罩的样子。”

“你是这么想的吗？”

“不是我想的，是我知道。”

马尔基盯着我看了一会儿：“你以为我最受宠是吗？”

“难道不是吗？”

轮到马尔基干笑了，他的语气带着讽刺：“你没那么受宠，却得到了很多关注呢……”

“哈？”

“算了。”

他摇摇头，坐了起来，戴上耳机，然后开始清扫书柜。我依旧坐在地板上，在想他说的话是什么意思。

或者，可能还是试着别把他的话所表达的意思想得太深了。

爸妈下午到家时带着一股军队的气息。自从“好孩子”的对话之后，马尔基和我尽量待在不同的屋子里。

就在前门传来钥匙扭动的声音之后，我听到军士长乔瑟琳·泰勒的大喊声：“厨房！”

我从自己的卧室出来，我哥从浴室出来，我们在门廊打了个照面。我们俩都浑身湿透，腰酸背疼，沉重地走向前方等待着我们的新的恐惧。

爸妈在厨房里站着，等待着。

“好了，”妈妈说，“咱们已经花了好几个小时干这个，我想是时候进行下一步了。很显然，不准出门。在接下来的两个星期里，你们不准去朋友家，不准玩手机或打游戏。你们可以用家里的电脑做作业，但我们出门时会把网络关掉。”

马尔基面部扭曲：“那根本不可能……”

爸爸挥舞着手机插了一句：“其实有一个专门的应用程序可以做到这一点，所以是可能的。”

妈妈继续说：“我们给你们准备了一张挂历来记录学业进展和家务活情况，一直到你们的惩罚时间结束。”

爸爸拿出一张俗艳的粉黄相间的挂历，上面画着可爱的小狗。

“只有这种挂历了。六月可不是买挂历的好时候。”

他把挂历递给妈妈，她用磁铁把挂历贴在冰箱上。

我看着妈妈标出了我们被强制隔离的截止日期，我发现自己被四只快乐的金色拉布拉多犬困扰着，它们正在日期网格上方的水仙花地里嬉戏。

当妈妈从冰箱边上后退一步，重新盖上愤怒的红色马克笔的盖子时，这些天使般的狗狗对生活无忧无虑的态度，似乎有了一种讽刺的、无情的意味。

它们在嘲讽我，我想。这些舌头不是在喘气，而是在讥讽我。它们乐在其中！这些可爱的小绒球是纯粹的邪恶！

可恶，这些让人无法抗拒的小狗。我咒你们下地狱。

我又瞟了一眼妈妈画的红色时间线。这只是第一天，我已经要疯了。

第二十五章

喂?

那个周末真是相当痛苦。

妈妈不上班，爸爸 —— 好吧，我爸反正总是在那里，所以爸妈星期六和星期日都在家。做家务没法儿偷懒，也没法儿逃脱断网的厄运，就像坐牢一样（当然，是我在电影里看过的那种）。星期日吃完烤肉之后，马尔基和我默默地刷着盘子，我做了一件卡迈克尔·泰勒一辈子从来没做过的事情：祈祷星期一的到来。

妈妈和爸爸星期一会工作。马尔基和我至少能够想坐下来就坐下来，盯着窗外，梦想自由。我只需熬过悲惨的几个小时……

那天晚上，我坐在门厅的共享电脑前，每次有家人从旁边路过，我就故意装作在查看线上课的作业。每当有独处的时间，我就切换标签页，查看我的邮箱。这是一个有风险的消遣，是我跟朋友唯一的沟通方式，即便我被抓住也有理由说得过去，因为这也是我收班主任发送的家庭作业的邮箱。

我的收件箱里满是亚历克丝发来的信息，主题都很随意，比如：“为什么？”“我好孤独啊啊啊啊！”“你是死了吗？”“生命究竟是什么？”

随着我往下滑动鼠标，邮件主题变得更加集中，标题类似于“喂？”“有想法吗？”“你怎么认为？”和“我该分享吗？”

第一条信息是星期日早晨发过来的：

主题：哥们儿，快看看！！！

发件人：topgalal@me.com

收件人：cardaman2006@me.com

附件：1 个（小卡讲话.mov）

内容：

是的，我拍下来了，几乎全录了。我在想要不要上传到网上。如果视频火了，我们就能成百万富翁了，主要是你。但作为你的指导者和首席摄影师，我已经跟我的律师说过了，他们觉得我应该得到那几百万英镑中的相当一部分。笑死。不过说真的。你怎么想？？？

阿亚

就在这时，我妈走进门厅，我快速切换回家庭作业的页面，镇定地盯着屏幕。她在去厨房的途中，越过我的肩膀瞥了一眼屏幕。她消失后，我再次切换回亚历克丝发来的邮件页面。

鼠标箭头悬停在附件上。我大概这样待了至少一分钟，然后妈妈叫我，我便彻底退出了邮箱。

那天晚上我上床的时候，脑子里有一股情绪在酝酿。

看看我，我还有什么可期待的？完全禁闭中，没有手机。更多的家务，更紧张的亲子关系，只有我的宿敌马尔基相伴。我脑子里唯一清晰的想法就是事情变得一团糟。

尽管如此……

亚历克丝看上去相当激动。也许视频有点儿……酷？也许充满了英雄气概？也许可以成为我不被开除甚至不用停课的正当理由！也许视频可以证明我是受害者！

也许它是我们屁股下面的金矿！

我打开床头灯，看了看梳妆台上的时钟，晚上 11:23。爸妈可能还没睡，马尔基也可能没睡。我需要非常小心。我从地上捡起耳机挂在梳妆台上，把闹钟设在凌晨三点，然后把它塞到枕头下面。

非常时刻，得有非常行动。

第二十六章

门厅中央之旅

凌晨三点，我立刻起身，把枕头下面的闹钟关掉。

我屏住呼吸，背靠墙坐在黑暗中，至少等了一分钟。

计划的第一步没有出错——闹钟没有惊醒别人。

我在脑海中重演了星期五晚上的场景。

在他们拔掉插头之前，我在舞台上站了多长时间？

凌晨三点，如果我现在要把亚历克丝拍的视频全看完——在黑暗中，戴着耳机，离爸妈的卧室咫尺之遥——我最好是准确地知道我在门厅要坐多久……

我滑下床，把挂在梳妆台的耳机绕在脖子上，把松散的耳机线塞进睡裤里。

如果你半夜要偷偷摸摸地溜出房间去看一个禁止你观看的自己的视频，而那个视频的内容就是导致你被禁止这么做的罪魁祸首，对此你需要有什么明智的举措呢？我只能说，你最好尽人类之极限快速地搞定。

但我却在龟速行动——害怕制造出一点儿声响。我感觉我花了十分钟才走出卧室门。我踮着脚尖穿过门厅，弯着腰坐到小桌子旁的椅子上，把耳机插入电脑，一只耳朵听，一只耳朵放哨，留心家人的动静。

我点开亚历克丝的第一封邮件，下拉到底端，下载了小卡讲话. mov。

十五秒之后，附件打开了。一个大拇指的特写——可能是亚历克丝的——赫然出现，随后是困惑不已的观众们的声音，准没错，就是这个。我再度四下确认公寓里是死静的，然后回到屏幕前，心脏突然剧烈地撞击着我的胸腔。也许妈妈是对的，也许是我严重错估了事态。也许我才是那个刻薄的、高傲的、自私的……

天才！

哈！听听！这是开怀大笑——从亚历克丝的位置听，笑声比我当时听到的要大多了。哄！又是一阵笑声。哄！又是一阵。哇哦。我炸场了！

就在我准备把另一只耳机塞进右耳的时候，我听见了咳嗽声。

我暂停了视频，定住了。

第二次咳嗽，然后是大声的哈欠声。

是妈妈。

我听见她的床发出了吱吱呀呀的响声。

我的天……是她……起来了吗？

我不敢冒险。我摁住电源键，看着屏幕变黑，然后静如磐石，倾听着。

脚步声。

上苍、佛祖、外星人、史蒂芬·霍金、大卫·阿滕伯勒[1]——都来救救我！

我吓得跳起来，踮着脚跑回房间。

啪嗒！

耳机本来还插在电脑上，这下从我的耳朵里飞出，掉到了地上！

不！！！

我跃进我的房门，小心翼翼地将门推到几近关闭的位置，像跑了一场马拉松一样呼吸着。

太迟了，根本没法儿考虑噪音。也许她听不到呢？

我听到爸妈的房门打开。

她会打开门厅的灯吗？

没有。

不错。

我透过门缝，瞥进黑暗之中，屏住呼吸。我妈的身影经过，

[1] 英国著名主持人和文化学者，代表作是合作撰写了BBC著名的自然纪录片系列。

朝卫生间走去。

现在就等着吧，这就是我所要做的……

我倾听着：

- 门开了；
- 灯开了；
- 真的不应该听妈妈发出的那种声音；
- 冲马桶；
- 开水龙头；
- 灯关了。

我保持着姿势，细数着她的脚步声，把这当成让自己保持冷静的手段。当她在我门前放缓了脚步，我差点儿吓尿了……

然后她停下了。

为什么她停下来了？！

然后我听到了另一声哈欠——非常大的一声哈欠，让人感觉还伴随着伸懒腰。

脚步声继续，直到他们的卧室门前。

给她点儿入睡的时间，我想，然后，我返回前线。

凌晨3:42，我深呼一口气，回到电脑前，完整地看完了视频。

是的，毫无疑问，堪称传奇。

亚历克丝把手机塞进针织套衫里，屏幕变黑，只剩下好似被裹住了的震惊、喊叫和喧闹的笑声，然后视频结束。我回复亚历克丝这封邮件的时候，同时也对自己说出了这个标题——“让我们把这东西发在网上！”

我的朋友，这……

……真是一场精彩的表演。

现在让我们给全世界看看。

第二十七章

优先事项

妈妈和爸爸都去上班了，星期一迎来一股春风。马尔基和我互不干涉，干自己的家务活，我甚至开始做作业了。

但由于家庭宿怨、中世纪式的惩罚和可能的开除依然悬在我的头上，我的脑海里一整天就一个想法：

也许我要火了！

将近凌晨四点时，我不仅骄傲地给亚历克丝回复了邮件，还把视频转发给了兰舅和“三默一体”，告诉他们四个齐心等待油管链接和随后的相关话题。我迫不及待地等待无线网络的回归，这样就能看到他们说什么了。

妈妈和爸爸下班回来后没那么冷漠了。我想人终究很难长时间维持在爆发点吧，那会变得有点儿蠢，尤其是你还有工作，要跟友好的人们共事，而他们跟你的家庭生活毫无瓜葛。另外，我妈是护士——我想她在工作中有更大的问题要处理。

但这不是说她就完全变温柔了。

当她查看小狗挂历上的惩罚表时，当她检查马桶时，当她检查我们的作业时……每一项完成了的家务都以“嗯”“OK”或“好的”作评价。她的语气毫无喜悦，但跟过去几天比起来，这简单的一两个字算得上是悦耳的夸赞了。

爸爸呢？

他只会跟在妈妈后面，尽力模仿着妈妈对我们表现出的情绪。我在内心深处觉得，他可能认为我才艺之夜的某些表演是有趣的，当然，他不会冒险说出来。他在害怕什么呢？我看着他回家，说他刚刚结束了一场会，据他描述是场“紧张的会议”，我在想我爸参加的会议到底能有多紧张呢……

与斯图尔特·泰勒的会议

迷你剧

作者：卡迈克尔·泰勒

老板：所以斯图尔特，你怎么想？

爸爸：嗯。（停顿）你怎么想？

老板：我问你呢，斯图尔特。

爸爸：是的。呃。可能……

老板：可能什么？

爸爸：没错。我同意。（停顿）你怎么想？

老板抬头看着天花板，摇了摇头。

画面变黑。

等到妈妈完成了监狱长巡查，给了爸爸一个点头示意，他就拿出手机，打开某个应用程序。几秒钟后，他抬起头看了看自己的两个儿子，他们正在焦急地等待着能够重新连接无线网络与外部世界。

“搞定。”

我哥和我奔向门厅的电脑。显然马尔基捷足先登了。

“只能干和学习相关的事情！每人一个小时！”妈妈在我们身后喊，说得好像我们需要提醒似的。

我输给了马尔基，踩着重步跑回自己的房间。

我感到紧张、躁动。我与真正的朋友缺少沟通，这开始让我感到困扰。我已经等了一整天了，但这额外的一小时让我难以忍受。我一直在想，如果时空穿梭回上个星期五晚上，我会做什么。我得出的结论是：做同样的事情，但做得更好，头发更整洁，西装闪亮，极具破坏性和构造完美的遣词造句。然后再一次，我想，可能正是因为它未经雕饰、未经排练，这个视频才堪称传奇。

我看了看手表，大概第一百次这么做了。

下午6:14，马尔基的上网时间快结束了。也许亚历克丝在上学前就已经把视频上传到了不同的网站……等我今晚上网时，我就已经红遍全球了。我的关键时刻，就发生在几步之遥的门厅。

又过了狂躁的、充满幻想的十二分钟，我听见妈妈喊："时间到了，马尔基！"

我甩开房门，站得直直的，两手放在大腿上。我鼓起胸膛，感觉这是人们最后一次看到曾经的卡迈克尔·泰勒了。我感觉自己更高大、更坚强了——一个全新的人。一个最受欢迎的人。我挑起了男子汉的眉毛。

是的。

灰姑娘要去舞会了。

第二十八章

有配乐的中间部分

伙计们——让我们再次从故事中抽离出来。

我知道你们在想什么。

如果这是一部电影，这里将是有欢快配乐的中间部分，我正在查看邮箱，亚历克丝把视频上传到了油管，我们看着点击人数上升到数以亿计，评论都在说着“现存最有趣的小孩”“说真的，这哥们儿是天才”“太好玩了，我笑死了”之类的话。我走上街头，每个人都认识我，跟我击掌。音乐继续播放，我和亚历克丝跟一些大型服装公司签订商业合同，赚了数百万英镑，什么衣服都能穿了。音乐继续播放，我们的佣人在别墅里帮我们数钱，马桶是黄金做的，所以坐在上面屁股会冷，但这是值得的，因为是黄金。当音乐节奏慢慢变强，我们在泳池边，以慢动作大笑、跳跃，然后击掌，并定格在这个姿势，音乐结束。

这真的像是我会看的电影。

但真正发生的事情是这样的——

第二十九章

真实发生的

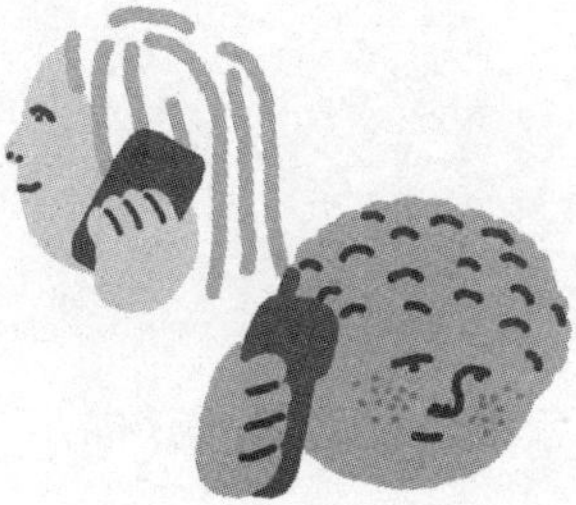

我假装查看学校的作业，读着亚历克丝的回复，就一个词："搞定！"

我在键盘按键上关掉了音量，保证别人听不到，然后点开了第一个链接，是油管的。

视频标题：韦恩布利奇之战——这个学生仅用了八分钟干掉了所有人！！！

发布时间：今天早晨

播放量：1

如果你算上现在这个点击，那严格来说，播放量是2。视频上传才九个小时，可能得花很长时间才能走红，对吧？我明天再查看一下。

有一封来自兰舅的未读邮件，标题是："有点儿……"

有点儿不明所以是吧，我想。我也明天再看这封邮件吧。

首先，这是值得记进历史进程的事件。是时候开始写日记了。那播放量看上去一点儿也不寒酸。

视频发布天数：1

3 次播放。但依然为时尚早。没有线上推广，3 次播放是可以理解的。还没等到流量高峰呢。

视频发布天数：2

3 次播放。嘿，我这次点击不算观看吗？

视频发布天数：3

3 次播放。好吧，所以自己点击的不算。

视频发布天数：4

4 次播放！平均每天一次。这就是网民们所说的“积极流量”啊。

视频发布天数：5

4 次播放。播放量没有增长。

视频发布天数：6

4 次播放。这不意味着我不是明星。没人能一夜成名。我是说，你看……看看太阳，太阳是天上最大的明星。你以为太阳会突然蹦出来说“没错，宇宙！我是现在最火热的明星”吗？不会。太阳已经历经四十五亿年了，它卖力地工作，慢慢打出名堂，始终如一地表演。它当然是传奇。我才经过六天而已。

给我一个机会!

现在是星期六晚上，家务已经做完。我的两个星期禁闭时间过去了一半。我几乎没离开过家，也没跟家人以外的人说过话，也还没有回复兰舅的邮件，直到我终于点开它，才发现写的压根儿不是“有点儿不明所以”。而是：

有点儿……

……想提醒你，伙计。不是给你泼冷水——我觉得你的这些能力会让你成为伟大的表演者。但话说回来，学校不是正在决定是否会因为这件事而永久开除你吗？我感觉如果他们看见你把视频发到网上，这件事就板上钉钉了，不是吗？我不是你爸爸，我只是在给出建议，伙计。

别往心里去。

兰舅

我关掉窗口，盯着台式机的屏保：一张老照片，爸爸、妈妈、小时候的马尔基和我，我们的胳膊相互拥着，在我家老房子的外面。我看上去大概四岁左右。我试图回忆上一次我们一家人如此笑着紧密相拥是什么时候。

在去厨房的路上，我练习着屏保中自己小时候的可爱表情。

“妈？”

妈妈和爸爸正坐在桌边为烤肉准备蔬菜，她抬起头，看了看我：“嗯？”

“我……我是说，我一直都在做家务和写作业，所以我想……我可不可以给亚历克丝打个电话？就是随便聊聊，打个招呼什么的？”

妈妈和爸爸四目相对。爸爸耸耸肩。妈妈叹了口气：“你知道我不太喜欢……”

“她是我最好的朋友，妈妈。求求你了。”

“我不想发现是她让你招惹了这些荒唐事。”

“不是谁怂恿我的。是我犯傻……对不起。”

妈妈和爸爸交换了一个眼色。他们没料到我的这个举动。

妈妈点点头，从面包箱边上的电话架上取下电话。她扬起眉毛，把电话递给我。我笑着准备接过电话，但是她把电话甩开，放到自己胸前。

“就十分钟。只能打一个电话。行吗？”

“好的。”

她再次把电话递给我。

“谢谢妈妈。”我说着，在走去卧室的路上就已经开始输入亚历克丝的手机号码。我竭尽全力没让自己跑起来。

当我慌乱的身体弹到床上的时候，亚历克丝接电话了。

“喂？”

“阿亚，是我！”

“你是谁？”

“是小卡啊，你个笨蛋！”

“小卡！天啊，我还以为你死了呢。这个号码是谁的？”

“我家里的电话。”

“恶心。等你拿回手机，大概有七十条信息、九十个网络梗图和一百条好玩的视频在等着你。”

“阿亚，我们需要——”

“有一个视频是一只猫在镜子中看见了自己，就发出低吼声！是吧？然后，它的铲屎官走进来，但是——”

“亚历克丝！”我有点儿喊出来了，然后看向门，又把头转回去，压低嗓音变成低语。

“我们得把那个视频删掉。”

“什么？为什么？”

“如果人们真的看见，然后分享了怎么办？”

“那不就是我们的计划吗！让它变成热门视频，然后走红，暴富。我们就都能拥有昂贵的运动鞋了……”

“我说真的。如果咱们学校的学生分享了，然后被老师发现了呢？我肯定就要被永久开除了，然后就是一辈子被关禁闭。

下次你再见到我，我们都是成年人了。”

一片安静。

“阿亚，阿亚，你还在吗？”

“在。”

“怎么了？”

“没怎么，就是……我不知道。”

“什么？”

“我是说，我们是为了让视频走红，对吧，所以我把它发送给了很多学生。至少是我们这个年级的。”

“但是播放量只有四次啊。”

“你看过我的混剪版吗？”

“混剪版？”

“我很快意识到，没人会真的看八分钟的视频。于是我用我最喜欢的台词，做了一个六十秒的版本——‘每个星期的最佳上学日是星期六’‘学校是“生命中残忍的六小时”的缩写’，还有你吐槽你爸爸、吐槽弗伦奇老师的……还有‘晚安，韦恩布利奇’的扔麦克风、观众的反应……很酷。”

听起来确实有点儿酷。我就知道，我有点儿酷。

“有……评论吗？”

“嗯，有一些。呃……比如，他是我们班的，哥们们们们们儿！连说了五个‘们’……呃……比如堪称传奇……小卡当主席……呃……比如……我听说这个了，太疯狂了！有一条就说了一个词：笑死。反正都是正面的。”

正面的。我感觉自己笑了出来，然后迅速摇摇头，摆脱掉笑容。不过，还剩一个我必须知道答案的问题……

“多少播放量？”

“等一下……呃……472。还不错！”

确实不错，我想……

“相信我——每个人都还在讨论那天晚上，在现实中！”

每个人……也许我们可以……不行。

不行。

“把它下架吧。”

“什么？”

“删掉它，阿亚，求你了，在弗伦奇老师那些人看到它之前！”

“好的，好的，我会删的。”

“就现在。”

“好的，我的天啊。”

“删了吗？”

“等一下……让我……好的，可以了，搞定。高兴了吗？”

“不高兴。”

“什么？”

“坐在这里很难开心。在这个……这个监狱里……惩罚到底什么时候才能结束呢？我什么时候才能回学校呢？我能回学校吗？我什么时候才能拿回手机？”

“嗯，是的。方式是奇怪了些，但其实现在是你回来的好时候。你算是有名了，至少在八年级。”

“好吧，”我沮丧地说，“但在学校老师那里是恶名。”

“哈！是吧，彻头彻尾的……恶名到底是什么意思呢？为什么突然就念成 fummus，而不是 in-fay-mous 呢？[1]”

“我不知道，但是从含义上来说……我觉得它的意思是有名，不过是邪恶的那种。”

“酷。”

“或者，我觉得它更像是因为错误的原因而成名。”

[1] 恶名的英文是 infamous，按照正常逻辑来说，它的读法应该是 in 加上 famous 的读音，也就是接近 in-fay-mous，但它的实际读法却接近 fummus。这跟英语不规则的读法有关。——译者注

第三十章

新常态

事态真的就是这样。

一个月前，我还是个有趣的、受欢迎的、稍微有些受挫的孩子，一个需要找到施展才华的平台发泄一下的孩子；然后我就上舞台了，甚至上视频了——在那个网站上。

现在一切都结束了吗？

我感觉发生了很多事情，但其实什么都没有改变。

这让我想到，尽管我总是感觉卡迈克尔·泰勒有潜力成为“那个最受欢迎的人”（除非是当他用第三人称讨论自己的时候[1]），也许他——对不起，是我——仍然希望看到他自己身上的一些变化。是我自己。你懂我的意思就行了。

今天是星期四，我停课的第二个星期快结束了，家里的一切都平静多了，马尔基从星期一开始就回学校上课了；我继续做家务，看完了我所有的漫画、最后一本小说，以及爸爸星期

[1] 这里作者就是在以第三人称讨论自己，是一种自嘲。

日报纸上提到的一本跟电影有关的杂志。我那姜黄色爆炸头大脑已经无聊死了，我就像挂在海边悬崖的一截树枝上的人，拼命地抓着让自己不会掉下去的东西。

我靠着对三种东西的期待而活下去：

1. 妈妈心软。我能感觉出来这一切正在发生。我的直觉告诉我别惹是生非，要让这种情况继续下去。

2. 学校来电。到现在为止，他们肯定已经跟校长克雷格夫人谈过我的未来了。才艺之夜事件已经是两个星期前的事情了，我估摸着他们可能已经弱化了永久开除的说法。上一个被永久开除的学生还是拉沙德·蒂尔布鲁克，他可是把科学楼的相当一部分烧掉了。几个不好的笑话只是小问题，对吧？几次放学留校，留级到七年级，或者每天给教职工做午饭什么的，这样的惩罚就够了，对吧？对吧……

3. 每天下午 3:48。这是关键时刻，因为这是亚历克丝放学到家而马尔基到家之前的时间——他因为和 TJ、戴恩鬼混，一般在 4:30 左右到家——也是爸爸跑步回来之前的时间。所以我有一个短暂的空当，如果需要，我可以跟亚历克丝悄悄打个电话。

这一天下午，3:48 的电话真切地提振了我的精神。阿亚把“三默一体”都叫到家里打 FIFA 足球游戏，所以整个团队都在话筒前，跟我说韦恩布利奇最新发生的事情。

默差点儿跟托松打架，就是那个我们都希望遭到报应的教科书式的蠢蛋。

“就差一点儿。我跟你说，如果没人把我们拉开……我就能打他一顿了！”

还是老样子——默总是就差一点儿就能干什么大事了。他差一点儿就赢了一项比赛，差一点儿去了日本，差一点儿一场足球比赛进三个球。他似乎从来没有真的实现最终目标，但是他有能力在重新讲述的时候，让自己听起来像个英雄，这种能力也挺了不起。

泰勒跟一个女孩表白了。当我们确认他表白的女孩是又酷又漂亮又聪明的纳塔莉·德拉蒙德时，称赞的欢呼声响彻了小小的话筒。

“有人需要爱情建议，就来找本情圣吧。”泰勒扬扬自得道。

与此同时，梅迈特则充分利用了我们的友谊。他告诉学校里每个愿意听的人，他是我才艺之夜表演的主要灵感之一。

“我只是告诉他们事实——他知道的一切都是我教的！”

最终，亚历克丝向我保证我仍然是韦恩布利奇的大新闻，当我跨进校门，我会被粉丝和祝愿者包围。

“不是那种把硬币丢进井里许愿的人。是那种人，比如，你懂的……”

“我明白，阿亚。啊，我得挂了！”

我听到大门打开又关闭的声音，两双脚朝着我家的公寓走来。我飞快地从卧室跑到厨房，把电话放回到听筒架上。

两个声音从门厅传来。马尔基和妈妈同时到家。妈妈上的一定是早班。

他们两人走了过来，谈话正酣，我从橱柜里拿了一点儿米糕，让现场看起来像是我只是在做点儿零食。

“我听到你说话了。”妈妈说，“哦，嘿，小卡，你没事吧？”

“嗯。”我点点头。

“我没偷懒，一直在努力呢。”

“你完成了你的任务，马尔基，我不能说你没完成。”

“你们在说家务活吗？”我插嘴，“我的部分我也做完了。”

妈妈叹了口气，朝我转过身来，但是低头看着地板；我得说，那看起来像是在隐藏脸上的笑容。笑容！

“是的，卡尔，你做了。你们俩最近的刻苦令我印象深刻。”

我冲着他们笑。马尔基开始散发一些试探性的魅力。

“所以，这周末回到正常的家务活状态……有可能吗？”

“可能吧，”妈妈说，“也可能你们俩下星期一都能回学校上课了。”

是我的错觉，还是一切都在好转？

叮。

她的手机响了，她瞟了一眼，然后反应过来，整个人的状态都变了。

“说曹操曹操到。邮件，韦恩布利奇中学发来的。”

我的嘴巴变干了。马尔基跑到了一旁。

“判决结果是什么？”

妈妈深吸了一口气。

“等你爸爸回来我再打开。”

她把手机塞回屁股口袋。

第三十一章

万丈深渊

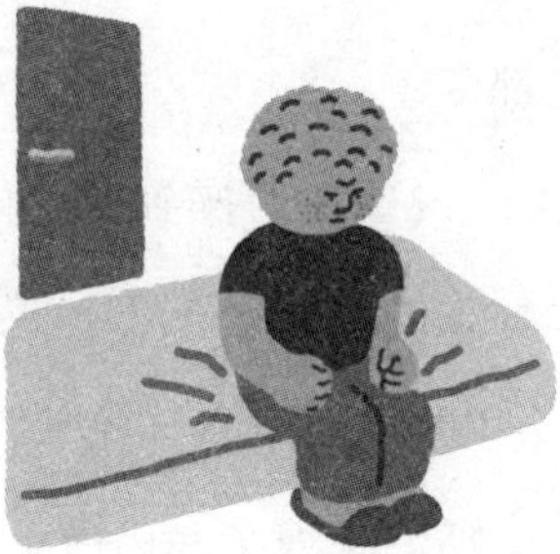

我盯着天花板，静静地在沙发上坐了三十七分钟，犹如身处万丈深渊。我瞥了眼房间对面的哥哥，他正在事不关己地翻阅着一本足球杂志。

对马尔基来说，邮件打开后，他的生活还是常态。我的整个生活则可能瞬间改变。

这是我第一次真正感受到巨大的压力。

我真的真的不想被开除。那样的话，我所有朋友的父母都会让我离他们的孩子远点儿。只剩我一个人。我会被贴上问题学生的标签。我不得不找一个新学校，那可能是给坏学生开设的特殊学校。

我不是个坏学生。我是吗?

不是，我是犯过错的好学生。他们能看出来我只是一时疯狂。他们能看出来我已经后悔了，已经道歉了，也不为自己的恶劣行径感到欣喜。他们也能看出来，我不会因为其他学生庆祝这件事而觉得享受。我一点儿也感觉不到享受。

好吧，有一点儿享受。但是他们不必知道这点。

问题是，我已经意识到我会失去多少，这可能是我生命中的头一遭，不是闹着玩的。

也许在我的生命中，第一次，我的父母是对的！

呕。

当我听到跑完步气喘吁吁的爸爸蹒跚地进屋时，我立刻从沙发上坐直。然后马尔基和我都跑去了门厅。

真相揭晓时刻。

爸爸红着脸，浑身是汗，依然穿着莱卡紧身裤，他伸展着小腿，双手抵着门厅的墙壁。

“先生们。”

“嘿，爸爸。”马尔基说。

“学校发邮件了。”我静静地说。

“结果是什么？”

“我们在等你。”

我们四个围坐在桌子边。

妈妈深呼一口气，然后拿出手机。爸爸则大口地喝着运动水壶里的水。

“亲爱的泰勒夫妇，”她读道，“韦恩布利奇中学全体教职工非常期望卡迈克尔能在下个星期一回到学校……”她扬起眉毛，露出满意的笑容，爸爸则松了一口气。然后她继续往下滑动——虽然对一个黑人来说是不可能的，但她的脸看上去没有了色彩。

“然而，正如你们能想象的，当我得知卡迈克尔在才艺之夜的滑稽举动被上传到公共平台时，我感到非常震惊且非常失望。”

什么？等等……但是阿亚你说过……

“我今天早上看到了视频片段，尽管我明白这可能不是卡迈克尔干的，但是他同学发表的庆祝性言论，让他的道歉变得苍白，也让他展现出来的懊悔变成了嘲讽。”

今天早上？你当时可是答应我删掉它的。

“我正在调查是谁拍摄和上传视频的，但我必须警告你们，如果我们发现卡迈克尔与此有关，他将立即被永久开除。我想在明天合适的时间与卡迈克尔及你们夫妇或其中一个会面。祝好，迈克尔·弗伦奇，八年级年级主任。”

你说过你已经删了的。怎么会……？

妈妈抬头看着我，她微微摇了摇头，力道有千钧。

“拍了视频，小卡？”

空气就像一个炸裂的气球离开了我的身体。

我无言以对。

“哦，小卡。”爸爸悲惨地说。

怎么会?

“不……不可能——一定是弄错了。”

妈妈把椅子往后拉，然后站了起来。

“起来。”

我难为情地站起来，她重重地走到门厅的电脑前。我看着爸爸和马尔基，他俩看上去真的在为我担心。

“到这里来！”

我磨磨蹭蹭地走了过去。她打开了谷歌主页，空荡荡的，耐心的搜索条还不知晓它可能会给我带来什么样的灾难。妈妈的手在键盘上徘徊。

“我要输入什么？”

“什么都没有！”

“小卡！”妈妈怒视我。

停下。

“告诉我视频的标题是什么？”

“韦恩布利奇之战。”我咕哝道，然后转过头。

如果视频还在，我不想看到它。我不想再听到哪怕一个字。

“哦，小卡。”妈妈说，毫无疑问，韦恩布利奇大礼堂里人山人海的动静响彻电脑音箱。

怎么会……?

她关掉了网页。

“看着我。”

我不敢。

“转过身来看着我。”

我照做了。

“你到底在想什么啊，小卡？”

我畏缩了。

“不是我上传的！”

“那是谁？”

我沉默了。妈妈突然明白了过来。

“别护着她，小卡。”

我盯着地面。

“小卡。这不是闹着玩。”

怎么会……？

我摇摇头。

“你是真的没有话要说吗？”

我苦涩地看向别处。

妈妈重重地呼着气，双手举了起来。

“从我的视线里消失，小卡。就——回你房间吧，我需要静静。”

我转身气冲冲地走开，重重地关上门。

怎么会……你怎么能这样，阿亚？

接下来的二十分钟里，我坐在床边，紧握拳头，头晕目眩。

有人敲门。

“小卡？”

“你走吧，爸爸。”

“我还会过来的。”

你骗了我。

这么多年了，我们有过小争吵和不合，但我们分享了一切。我们相互了解对方，从来都是坦诚相待。我们互相坦诚。

而你却骗了我。

妈妈质问我的时候，我用沉默替你撒谎了。

但你骗了我。

我试图平息自己的愤怒，以便好好思考。最好的策略是什么？如果我替她保密，我就能避免告密，然后独自处理自己的说辞。我不知道是谁上传的，但跟我没有关系。

或者我把她供出来，否认自己介入其中。也许她会被开除，至少也是停课。但也有可能她会说出实情，我知道有视频，且等不及想看到视频上传网络，变成明星……

不。

唯一的选项就是说出实情，但是，是完整的实情。

我想把它删掉，但你没删。

我想做正确的事情。

这能说明一些问题，是不是？

我们是来真的。

对吧？

第三十二章

审判日

“我想删掉，但她没删。”

我说完了自己悲伤且真诚懊悔的故事，弗伦奇老师和克雷格夫人在校长办公桌的另一边专注地听着。

“这也算是将功补过了，对吧？”妈妈插嘴道。

“当然。”爸爸补充道。

“嗯。”弗伦奇老师说。

嗯？我刚刚可是吐露了真相，告了我最好的朋友的密，你就说一句“嗯”？我刚刚可是永久地改变了自己的友谊轨迹。和她骗了我相比，我不知道哪个的伤害更大。我能感觉到痛苦爬满了我的脸庞，我知道，而你就只是坐在你那个愚蠢的转椅上，挠着你那傻里傻气的小胡子，然后说“嗯”？你知道我有多恨你吗，弗伦奇？

克雷格夫人开始阐述：“在我看来，恐怕这并不能改变形势。我们想知道你是不是参与了这段视频，而你承认参与了。”她转向我的父母：“对不起，我们必须坚守原则，永久开除你们的儿子。”

妈妈在座位上扭动身体。

“但你不能——”

“你有权申诉。我们会在今天之内把所有信息发送给你们。同时，小卡，请你出去后把衣物柜里你的东西都拿走，并把你的钥匙交给服务台。抱歉。”

“哦，我会申诉的，不用你担心！”

“抱歉，泰勒夫人，真的抱歉。真心祝福你们。弗伦奇老师会送你们出去。”

妈妈、爸爸和我站了起来，我们极为震惊。弗伦奇老师小跑到门口开了门。他的鞋底一定是有小弹簧。爸妈在我前面走了出去，我在弗伦奇老师面前停了下来。我的声音细小而脆弱：“亚历克丝会怎么样？”

“嗯，昨晚跟你妈妈通了很长时间的电话之后，我们认为今天最好跟你们两家都会面。我们今早联系了肯博尔家——”他看了看手表，“他们很快就到了，所以我们会解决这件事的。”

“她也应该被开除！”妈妈愤怒地说。

“我不能跟你讨论其他学生，泰勒夫人。”弗伦奇老师尴尬地说，然后关上了门，留我们站在走廊上。我们往服务台走去，妈妈一路上都在咒骂，这为我赢得了奇怪的喘息之机，因为她现在是对不公感到生气，而不是针对我。

当爸爸替我们签完名离开时，我想起来还有最后一件事要做。

“我忘了从衣物柜里拿东西了。”

爸爸紧张地看着妈妈，她看上去要全面爆发了。

“我们在车里等你。”他说。这句话的意思是：在她破坏东西之前，我们得赶紧撤。

我朝公共区域走去。在我的衣物柜前，我重重地叹了口气。怎么会变成这样呢？我打开衣物柜的门，拿出几本旧书，一个空饭盒，一条备用领带和一个计算器。里面只剩下我的贴纸，以及之前历任主人的残留贴纸，还有我贴的几张照片，那是我的朋友们在镜头前搞怪做鬼脸的照片。有些照片里有我，有些没有，唯一都在的人是亚历克丝，每张照片里的她都温暖地笑着。我逗留了一会儿，然后看着空荡荡的走廊。毫无疑问，就我一个人。我重新面对衣物柜，把照片撕了下来。

第一节课下课铃响了，学生们突然从每个教室门里出来。我定住了。只有我一个人没穿校服，这不是属于我的课间休息，我突然感到更孤独了。

“三默一体”和其他学生向我涌来。

“英雄！”

“嘿！你今天见校长了吗？”

“怎么样了，你回来上课吗？”

“那个视频太疯狂了，哥们儿！”

“亚历克丝今天早上怎么没来啊？她遇到啥麻烦了吗？”

“你是传奇啊，知道吧。”

“纳塔莉甩了泰勒！”

“你现在是什么情况？”

我环顾四周。差不多我的每个朋友都在。我看着我腋下那堆可怜的东西，推开了他们。

一阵尴尬的沉默之后，这群人跟在我后面，依然兴奋地吼着问题。有些人已经得出了自己的结论。他们跟着我到了服务台，看着我默默地把衣物柜的钥匙放在台面上。

我推开门，沉重地走向操场，耳朵在轰鸣。

时间停止了。

我身后的声音，面前校园里嘈杂的尖叫声，全都慢慢隐去。

迎面走来的是两个看上去忧心忡忡的成年人，跟在身后的是他们的女儿，她脸色煞白，嘴巴扭成了我从来没见过的样子。

是亚历克丝。

第三十三章

摊牌

亚历克丝看见我，在父母后面停了下来。

“妈，我去上个厕所，里面见。”她叫道，把大拇指举过肩膀，朝卫生间方向指了指。

她妈点点头，继续往前走。我转过身背对肯博尔夫妇，故意把越来越多的孩子引到我身边。

“你们想知道到底发生了什么吗？”我问道。

一片肯定声。“三默一体”、纳塔莉、哈尼、巴希尔，甚至托松·肯德尔都几乎贴到我的脸上了。

“我被开除了。”我说着，直勾勾地盯着亚历克丝。

围着我的孩子们不相信地大声喊着：

“别骗我了！”

“什么？”

“厉害啊！”

“不可能的，大哥！”

“是真的，出于某些原因，某人把视频放在网上太长时间了。”

“等一下，小卡……”亚历克丝开始说。

“你说你删掉了！我求你删的，阿亚，你说你删了。你看看现在！”

本来就十个人左右的观众群，现在至少有三十多人。人群中时不时有“哦！”“哇哦！”或“啊，够冷酷！”的声音传出。

“我真的删了！”

“现在你甚至当着我的面骗我了，是吧！太丢脸了，阿亚。丢的是你的脸。但你知道吗？我更惨。你会怎么样？也就停课一个星期？”

“小卡，你听我说——”

“一个星期，或者两个星期？我该怎么办呢？你基本毁掉了我的生活。你这么做换来了什么？你那个破视频多了一点儿播放量？”

“我删了！”

“你知道最疯狂的地方是什么吗？我妈妈对你的判断其实是对的，跟你一块儿玩不是好事。不过多亏了你，以后我也不会在这里了，所以恭喜你。祝你生活愉快。”

我感觉颤抖的、扭曲的呼吸从胸口升腾到喉咙，这是我要哭的征兆。在这么一大群人面前，我绝不可能哭。

我朝停车场走去，但就在我经过亚历克丝时，她伸手抓住了我的肩膀。她的眼睛闪烁着，红通通的。

“小卡！我删掉了那个视频。记得我做的混剪版吗？我只是忘了删掉长版视频。我不知道它还在。”

“你忘掉了原版视频？”

她绝望地点点头：“我真的忘了。”

“哇哦。”我环顾操场，一股盲目的愤怒穿透我的血管。我感到头脑发热。

人群带着期待陷入沉默。

“那你就是比我想的还要傻。”

孩子们在我身后爆炸了。

“哦哦哦哦哦！”

“不是吧！”

“他来真的！”

“炸裂！”

我转身，双唇颤抖着，几乎是跑向停车场。等到了车边，我已经泪流满面。我全身起伏着，创造着难以控制的汩汩泪水。我打开后门跳进车，试图藏住自己的脸，但无济于事。

“嘿！”爸爸说，“嘿……别哭了，我们会把事情解决的。”

“是的，”妈妈说，“我们会申诉，我们会赢。振作起来，好吗？”

不，不，不好。没什么是“好的”，我们也不会“把事情解决”！

妈妈捏了捏我的胳膊：“小卡，我知道事情一团糟，但我们会一起解决的，一家人一起。你不是一个人。”

但我从来没有比现在更孤独过。我的呼吸混乱，我的胸膛和喉咙毫无预警地不停收缩，尽管我想，但我无法用文字回应。可能这样最好，因为我不确定我是不是能够跟他们解释清楚——我哭的不是失学。

第三十四章

漫长而艰难的回顾

一个星期过去了。

我坐在卧室的小桌子前，手里拿着笔，眼前放着一张空白的纸。

我妈已经开始了申诉流程，她和爸爸写了一封信，说服米勒老师写了一份品行证明书，就是用几张纸来解释我有多棒，我被开除对学校来说是多大的损失。

现在轮到我表达懊悔了，同时要突出我的优点，如果我回归韦恩布利奇，我可以给它带来什么。

我并没有感觉自己是传奇。

我对自己压根儿没有什么积极的东西想说。

我看着空白的纸，它像是一面镜子，我对镜子里的自己感到恶心。这张纸就像我现在的心境：空。

昨晚我和梅迈特通过电话，在没有提起亚历克丝的情况下问了她的情况，问了模糊但有针对性的问题，比如，有什么最新进展？亚历克丝被停课两个星期——克雷格夫人接受了她真诚地想删掉视频的解释。

这让我更加生气——对自己，也对亚历克丝，对这个世界。她能够以停课了事，而我却被判了极刑，这就不公平。我在脑海里回放了过去曾犯下的一些错误，告诉自己，亚历克丝一直以来至少都是犯罪同伙，而不只是个从犯。

一年级沙子事件：已经提过了。

嗯。

阿亚享受其中，但全是我的点子。

三年级脚踏游船事件：脚踏游船不是碰碰车；摄政公园里的湖水是真的恶心；当有人已经感到很害怕时，不要喊“有鲨鱼”。我现在都知道了。

我是说……

阿亚在我的船里，但掌舵的是我。

六年级标语事件：当我抗议标准评估测试[1]侵犯了我的人权时，我也不知道我想从中获得什么，尽管如此，我还是做了一个标语（“SATS 一无是处”，标语的形状就是裤子[2]——我是天才），亚历克丝则在学校大门外收集学生的签名。我们的行动被信息技术老师耶茨突然剿灭了，他拿走了我的标语，我

[1] 英国小学生在二年级和六年级结束的时候要参加的一个考试，英文缩写为 SATS。

[2] “SATS 一无是处”的英文原文是“PANTS TO SATS”，pants 在英式英语中既有没用的意思，也有裤子的意思。

大喊："看到没？这就是体制的压迫！我们都是见证者！"

说实话……

阿亚只是一个忠实的战斗成员，而我是领导人。

我妈自然把我跟亚历克丝的疏远当成好事。对她来说，这是我洗心革面的征兆。我就让她相信这一点吧。

当你为某件事感到难过时，是很难专注于其他事情的。

被永久开除的头几天，我以看书、做家务、打电话度日，但我做的每件事都像是逃避某件更重要的事，而这件事我不知道该怎么解决。

这是一个星期四的傍晚。我看着时钟，深深地呼气，朝座机走去。在电话响了第四声后，兰舅接了电话。

"谁呀？"

"嘿。"

"卡姆？"

"是的。"

"你怎么样了？"

"不知道。"

"坚持住啊，船到桥头自然直，一直都是。"

"嗯。嘿……"

"怎么了？"

“没什么，我只是……今天是星期四，所以我想……”

“双陆棋俱乐部？亚历克丝发信息说她被关禁闭了。”

“哦哦，好的。当然。”

“你想过来吗？”

“啊？不了。我没事。我得挂了。”

“好吧……你知道吧，她很不好受。”

“我得挂了。”

这是煎熬。我需要出口，一个逃离这些感觉的后门。我需要救命稻草，把我从大脑的旋涡里拽出去。我想去别的地方，任何地方，只要不是这里，立刻。

我回到卧室，把空白的纸揉成一团，祈祷奇迹发生。

第三十五章

谢天谢地

我的手机依然被没收，但是自从我被正式开除后，妈妈仁慈了一些。整个事件让她感到不公正，这意味着我现在白天可以上网了——主要是上那些爸爸给我找的非常无聊的网课，目的是让我跟上学业，也让生活不至于散架。

网课老师会把每天的作业发到我的邮箱，我按时写完交给他们，我爸妈每天会收到我做完功课的提醒。上网课很无聊，但乔杜里老师和米勒老师说这可以“展现意愿”，可以算作积极表现写进我的申诉流程里。

但是今天，邮箱的前两封邮件是科学课和地理课的作业，我没有打开。

第三封邮件吸引了我的目光，是一个叫乔治·莱西的人发来的。

主题：你的视频——这是什么玩意儿？

发件人：georgelacey@themissyshow.com

收件人：cardaman2006@me.com

内容：

你好！我叫乔治·莱西，是《米西秀》的制作人。我们超爱你的视频，非常乐意跟你讨论讨论上我们的节目《这帮疯狂的孩子》。请告知我联系你的父母或监护人的最佳方式。

非常感谢。

乔治

我又读了一遍这条简短的消息。然后又读第三遍。我注意到了邮件底部的横幅，上面有米西本人的照片和《米西秀》的标志。我研究了一下乔治·莱西的联系方式，是纽约一个影视制作公司的地址，还有一个国际电话。

这是真的。这绝对是真的。

他们看到了视频，然后不知怎的联系到了我。但是怎么找到我的呢？不，这是假的。有人在耍我。

然后我又想了想。

等一下……

我登录了我的 Ins 账号。因为没有手机，我已经好几个星期没登录了。原来如此。如果你点击我主页的**发送信息**按钮，你就会收到我的邮箱地址，之前从来没人给我发过，直到现在。

他们一定是在社交网络上到处搜寻卡迈克尔·泰勒。

他们是认真的!

我的心像篮球一样跳动起来。全球有数百万人看过那个节目。我脑子里想的都是——我要上《米西秀》了！我要一夜成名了，我要搬去好莱坞了，我要发财了！我要去的地方，没有破碎的友谊，没有灰暗孤独的日子，没有网络作业，没有绝望的申诉信。

那都是我曾经的生活——我一点儿也不需要，也不需要任何人。

好吧，除非是父母同意。

该死。我怎么才能让父母同意，然后抛下一切去美国呢?

嘿，妈——我知道我被开除了，毁了自己的生活，废了一段毕生的友谊，也欺骗了你，辜负了你的信任，侮辱了你和爸爸，让这个家蒙羞，但你能不能让我去纽约迅速成名呢？再见，妈妈，你是最棒的。

不太可能。

我重读了邮件。

等等。

父母或监护人?

我推开椅子，朝厨房走去。

“你的小脑袋瓜子肯定是坏掉了。”兰舅在电话那头斥责道，我坐在打开的邮件前，把电话放在耳朵边。

“可能吧，但是万一呢，万一我可以说服她，你怎么想？”

“嘿，如果她说行，我会穿着男士比基尼亲自带你坐飞机过去。”

“穿什么？”

“你搜索一下。”

我笑了，互相道别后，我们挂了电话。一秒钟后，电话又响了。

“喂？”

“别搜索。”

第三十六章

新词预警

我不是真的想，但我要聊聊“傲慢”（hubris）这个词。

我不想，但我不得不。

它是一个古希腊词汇，这已经很烦人了，因为古希腊人什么都想得出来。比如说，当你问别人，嘿，那个奇怪的词或者概念或者游戏或者哲学是哪来的？某些书呆子总是会说：“古希腊。”他们基本上就是一个卖弄聪明、打破砂锅问到底的种族。

言归正传。

“傲慢”总是出现在他们的悲剧里，通常是主角认识到自己是英雄，但后来又意识到自己不像一开始想的那么英雄。我想“傲慢”本质上就是“狂妄”吧。就像那个叫伊卡洛斯的人，他爸给他安了一对翅膀，以为他是漫威的复仇者联盟成员什么的呢，结果他飞得离太阳太近，被烧到了屁股——以及翅膀——然后他就掉下来死了。又或者是阿喀琉斯，他更像是 DC 漫画里的角色，觉得自己像超人一样坚不可摧，却忽视了自己的脚后跟不行，结果被人射中了，现在我们都有了一个以他的名字命名的脚后跟。

古希腊人把傲慢看作危险的性格缺陷。我认为，我不想谈论它的这个事实都可以算是傲慢的结果。

这是一个星期五的下午，接下来的几个小时，我的家人将一个接一个地出现。我试图把作业写完，但我忍不住一遍又一遍地读那封邮件。我很想回复。

我忍不住想写一条满含喜悦的信息，比如："你好，乔治，泰勒家决定加入！这是我 mum 的电话号码！或者我应该说 mom[1]？哈哈！"要是不先说服家人，我是没法儿推进这件事的。

但是，时间才是关键。每个星期都有不同的孩子上那个节目，我分析着，很快他们就会去寻找下一个了。

我要成为下一个，唯一的一个。我要成为那个最受欢迎的人。

那要怎么做才可以呢？泰勒家得好好谈谈。来一次终结所有谈话的谈话，世纪谈话，而且得尽快。

我准备关掉邮件窗口，但看到一封新邮件来了，于是停顿了一下……米勒老师发的？我点开了它。

亲爱的小卡：

只想让你知道，我听到你被开除后是多么沮丧。

我不知道你的爸爸妈妈有没有跟你说，尽管你的所作

[1] 在英式英语中，妈妈常写作 mum，而在美式英语中则写成 mom。

所为让我们无法接受，但是乔杜里老师和我会竭尽全力帮助你申诉。

我只是觉得才艺之夜事件中的你不是真正的你。

祝一切安好。

米勒老师

我关闭窗口，关掉电脑。

她说得对，我想，那不是我。不是你们认识的我。

全新的我是一个明星。

而你们这些古希腊人就噘起嘴来亲我的屁股吧，因为我会证明自己。

第三十七章

最佳计划

“是你吗，小卡？有人变积极了啊！”

我在卫生间门外听到妈妈惊讶的反应，她几乎是从牙膏里挤出了笑容。

早晨六点，我已经起床了。

当我从妈妈身旁匆匆路过时，她更困惑了，她发现我穿得整整齐齐。

“早上好，妈。”我谦逊地说，她穿着睡衣跟着我走到门厅。她的脸皱了起来，带着更多没有问出口的问题，在一尘不染——不是夸张，是真的一尘不染——的厨房里，她停了下来。

我把手伸进微波炉，取出一盘热的炒蛋和吐司，配上一根欧芹（我希望它是欧芹）。

我拉出一把椅子，妈妈的表情立刻从困惑变成怀疑。

“小卡，你是怎么回事？”

我伸出一根“你别急”的手指，从一块茶巾下方取出一杯冒着热气的茶，整齐地将它放在盘子边上。

“等下爸爸，然后我再来解释。”

我带着微笑快步走开，轻轻地敲响爸爸和马尔基的房门。

“妈——”马尔基哀嚎，“我不是已经不用早起了吗！”

爸爸歪歪斜斜地走了出来，挠着肚子，后面紧紧跟着不满的马尔基。我又拿出两份提前准备好的早餐和茶。

“下周末就是父亲节了，对吧？”

“不知道。”我笑着耸耸肩。马尔基嗅了嗅他的盘子。

“里面是有老鼠屎吗？有什么地方不对吗？”

“是有地方不对。”妈妈点头，“可能不是老鼠屎——”她的目光锁住了我，“但绝对是臭的。”

我靠着餐桌边空着的第四把椅子，希望我站着说话能给这次演讲增添一点儿威信。我深吸一口气。

“早餐是一天中最重要的一顿饭，所以我觉得在这个时候宣布我的新闻会比较好。”

“爸爸要送你去苏格兰的新兵训练营！”

我笑了。

“说得挺好，马尔基。”我站直了，尽量表演得像政治家。

“如你们所知，我因为愚蠢之举被开除了；但同样的这个愚蠢之举，也被美国一个电视节目的制作人看到了，而且他们喜欢，他们想见我。”

完全的沉默。好吧……不是那么好，也不是那么坏。我能接受……

马尔基大笑起来，打破了沉默。他见我表情没有变化，突然停了下来："等一下，你是认真的？"

我点点头。妈妈的脸没有变化，她只是盯着我，眼神充满怀疑。爸爸则扫视着天花板，像是在寻找北极星或者北斗七星的孩子。

我从厨房台子上拿起爸爸的笔记本电脑，无辜地扬起眉毛："我可以用一下吗？"

"呃，好……"

我打开电脑，登录我的邮箱，选择了乔治·莱西的邮件，然后夸张地把电脑转过来。他们三个凑了上来。

"《米西秀》是什么？"爸爸问。

马尔基睁大了眼睛："《米西秀》！兄弟！这个节目……那什么……很厉害！哇哦。不得不说，他们真的很会找笨蛋啊。"

我给了他一个嘲讽的笑容："吃你的鸡蛋吧。"然后，我变回谦卑的家庭厨师，转向妈妈："妈？"

妈妈鼻子哼了一声，双手紧握，手肘拄在桌子上，然后低下头面对着盘子。感觉过了大概一个世纪，她推开椅子，站了起来，转身去了水池，看向窗外。

"妈？你怎么想？"

妈妈转过身来。

“我怎么想？”她苦笑了一声，然后咬紧牙关。她的嘴扭曲得像是正在捕猎的老虎：“我想的是，一个不尊重学校、不尊重这个家、不尊重家人的人，突然间因此得到了奖励。他期望用一些炒蛋就能改善这种状况，期望一切都顺了他的意，就像他突然成了这个地方的老大一样。”

放弃A计划！启动B计划：冷静地找理由模式。

“妈妈，我说过对不起了，我做了家务，受到了惩罚。可这是一个机会——”

“什么机会？”她爆发了，“庆祝你的愚蠢吗？上电视说，嘿，看我毁掉自己的生活、让自己的父母难堪有多好玩？”

轮到我爆发了。说实话，这不是B计划的一部分。

“哦，是吗，那就不要让我给你们难堪！那才是最糟的！要是我能像马尔基一样就好了，他总是能让你们觉得自己成功——那才是最重要的！”

“哈！”马尔基哼着鼻子说。

“你哪儿来的胆子？！”妈妈吼道。

我握紧拳头，脸颊好像在燃烧。

“我哪儿来的胆子过自己的生活？成为厉害的人？你总是说要集中注意力，找到我喜欢的东西，为之努力。也许这就是！也许这就是我喜欢的东西的开始！”

妈妈再一次露出了空洞且难以置信的笑容：“斯图尔特？你

不想说说吗？”

“呃……”

我豁出去了，完全不管不顾，响应着妈妈的身体语言，转向了爸爸。马尔基则扬扬自得地靠在椅子上，只差一大桶爆米花就完美了。

“是啊，爸爸，你的意见呢？让我猜猜，是‘你妈妈说得对’。”

“她说得对，”他说着，轻声地，坚定地，“你过界了，小卡。”

我刻薄地笑了。

“他同意了主人的看法！多么令人吃惊！”

妈妈厌恶地摇了摇头。

“好吧，我需要一点儿空间。回你的房间，小卡！就现在！”

“好的。放心，我这就走。”

我真的走了。

自从收到那封邮件，我准备了很多东西，其中一件是背包。我冲回自己的房间，把背包挎到肩膀上，又冲出房间，穿过门厅，出了大门。

“小卡？小卡！”

红色代码。

执行 C 计划。

第三十八章

C 计划

透过 274 路公交车的窗户，我看到伦敦带着周末早晨的喧嚣奔忙着。我依然呼吸急促，眼睛被咸泪水刺痛。但我已经不再生气了。真的，我只是感到坚定。宇宙终于变简单了。我只有一个目标，我要实现这个目标。

但当舅舅打开门，我的自信就像脱缰的狗一样跑开了。兰舅穿着大码的宽松白汗衫和白色内裤，弓着身子，脏辫垂挂在他睡眼惺忪且毫无准备的双眼前面。他打了个哈欠，轻轻地摇了摇头。

“抱歉，伙计，昨晚的现场表演太晚了……嘿！”

他看见我的眼泪，身体突然伸直，把脸上的头发扫开。

“卡姆？”

我的肩膀在震动，低垂着头。他抱住我，把我领进家门。

“哇哦，”在我快速跟他说完最新的进展之后，他只是这样回复道，“相当沉重。”

我点点头，抽着鼻子，颤抖着，喝着他递给我的一杯茶。他起身，一只手放在我的肩膀上，然后走去卧室。

“你知道吧，我在床上的时候，大概有三个电话没接。我现在知道是谁打过来的了。”

他拿着手机回来，然后把屏幕对准我：未接电话（3）泰勒家。

“先别回拨。”

“卡姆，他们得知道你现在是安全的。”

“我知道，只是……再过五分钟？”

“卡姆……”

“就一分钟。我得先问你一些事情。”

兰舅叹了口气，伸出手掌往上翻，像是在说，继续。

“我能在这里待一待吗？”

他看着自己的脚。我推了推他。

“就几天，求求你了，兰舅？”

他抬起头看看我，然后拿起电话拨了号。

“乔斯？是，是——嘿……不……不，没事，他没事……我知道。是，他告诉我了……我不……我是说那不是我的……乔斯，你听我说……乔斯！等一下……他想在这里待一段时间……我不知道，几天吧……不是，我没有想介入，我……”

他沉默了，然后继续沉默，还在沉默。我不用听对面在说什么就知道妈妈正在火力全开。老实说，兰舅能插上这么多话已经让我另眼相看了。他点了几次头，偶尔插入一句“好的”。然后：“所以我们就让他冷静一下……嗯……没错。但是，我会确保……我会确保他……对……好的。我会的……嘿！乔斯，我会的！我保证……好的。好的，再见。”

他扔下手机，急促地呼气，睁大眼睛，与我四目相对。

“你在这里每天都得做作业。”

我笑了：“当然！”

“可没那么容易，我本质上是你妈妈的耳目，你明白吧？别走捷径。我跟她保证过了。”

“我也保证。”

“那就好。”

他伸出手，我跟他握了握。

“所以，”我开始试探，“你现在算是我的监护人了。”

“嗯？”

“我的监护人。”

“那个……嗯，我想是吧。”

已经将近晚上九点了。

在兰舅的公寓里，时间似乎过得快多了。也许是因为没那么紧张，也可能是因为有人陪伴。在家的时候，我已经把这个星期的作业做完了，所以我能够放松下来看舅舅在干什么。不论什么时候，他都在画画、写作、唱歌，或者跟乐队成员打电话，太满足了。我想，即便我知道我的存在让他稍微有些不耐烦。我十分肯定，妈妈并不是完全相信他……而这？

而这会让C计划更难实施。

兰舅有一台破旧的二手笔记本电脑可以给我用。他家其实没有无线网络，但是他住得离一家咖啡店很近，而且总是有办法知道那里的最新密码。

“密码是MochaBlock1，大写的M，大写的B。”正在卧室里涂涂画画的他大喊。

亲爱的乔治：

我是卡迈克尔！我的朋友都叫我小卡。我想说，我对能上贵节目感到非常激动。我的监护人的联系方式如下：

Landonbenjaminplays@me.com

迫不及待地期待你的消息！

感谢。

小卡·泰勒

我停了下来，看着兰舅的房间，然后点击“发送”。我关上笔记本，靠在沙发上，我那装满东西的背包充当了临时的枕头。

透过背包前面口袋的材质，我能感觉到令我安心的护照的轮廓。

第三十九章

能说会道

“太赞了！是蓝莓和香草的吧？”

“对。”第二天早上，我从咖啡馆带了兰舅最喜欢的松饼回来。他烧上水壶，和我一起坐在他的小厨房橱柜上。厨房里还有一张桌子，但那更像是用铰链连在墙上的大型切菜板——绝对是只给一个人用的。

兰舅一只胳膊靠着水龙头，愉快地吃着松饼。我抓住机会开始说：“兰舅，你总是支持我……”

“呃哦。”他那被松饼压住的声音畏缩了。

我从橱柜上跳下来，面对着他。

他皱起眉头：“什么事？”

“我给《米西秀》的制作人发邮件了，说你是我的监护人。”

“什么？！”

我很少见到兰舅真的恐慌，但这一次，我绝对看到了一些蓝莓从我的右耳边飞过。

“严格来说，你现在是我的监护人。”

“卡姆，我不能替你的父母作决定。我也不想。就算我真的想，她会杀了我的。”

“但如果是好事呢？让事情变得更好。”

“为谁变得更好？”

“好吧，主要是为我，但是兰舅——如果这是我的重大突破呢？如果我从美国回来后变成明星了呢？我回家后就可以给妈妈钱，让她资助我去一个贵族私立学校什么的，如果她想的话。如果——”

“听上去感觉有太多如果了。”

“没有如果，你怎么追逐梦想呢？你是怎么做的？”

“我尝试在追梦的过程中不去惹恼别人。”

“那外婆是怎么回事？”

兰舅温和地笑了笑，点头承认道：“确实。”

“可能有些人，你不得不惹恼他们一段时间，但最后都会好的。”

“真的吗？”兰舅耸耸肩，并没有被说服。

我环视了兰舅一片狼藉的公寓：“你这边的家人，我爸爸这边的家人——尤其是我妈和我爸，都觉得你现在的生活方式是疯狂的。”

我看到兰舅的眼里闪过一丝伤痛，不是刚刚才出现的，而是一直都存在的伤痛。我没有就此停下。

“但他们都没有发现，你现在是快乐的。你喜欢自己的生活。你的选择适合你。”

我停了下来。

“兰舅。”

我又停下。

“告诉我，我做错了。告诉我，我做错了，我们就把这件事忘掉。”

我们盯着对方。

然后他笑着摇了摇头。

“你啊……”他笑着说，“真是能说会道。”

“别人也这样说我，”我笑着答道，“你不想知道我到底有多能说吗？”

“纽约现在是什么时间？”

我看着旧闹钟，它正摇摇欲坠地坐在一摞似乎正等着做叠叠乐游戏的磁带上面。

“下午四点半？”

“完美。”

我们坐在沙发上吃着比萨，兰舅在笔记本上打字。当他打完字，停下来看着我。

“你确定吗？”

我伸手过去点击发送键。

“嘿！”

我耸耸肩。

“我确定。”

他摇了摇头。

“好吧，我也不是你必须得说服的人。”

第四十章

变革之风

过去两个星期的天气又干燥又温暖。如果你不是英国人，你可能没法儿认识到这是多么大的奇迹。但当兰舅和我第二天晚上站在我家门前时，天公突然不作美，我们瞬间从头到脚被瓢泼大雨浇透。

“这才对嘛。”我紧张地说。

“是的。”他点点头。

门开了，爸爸出现了。感觉我们三个在沉默中站了很久。

“外面的雨有点儿大啊。”兰舅说。

爸爸轻轻地点点头：“我想，家里面的暴风雨好像也不比外面小。”

厨房里的气氛立刻就不对了。我们都聚在这里：马尔基冲我做了一个滑稽的害怕表情；妈妈坐在桌子边，周身散发着一股奇怪的、无声的冷静气息。

我率先开口：“嘿。”

她看起来像个新闻播音员，公事公办，没有情感。

“我要把事情说清楚，非常非常清楚。”她说。我的天啊，甚至听上去她也像一个新闻播音员。我感觉心跳快得好像刚做过剧烈运动。

“妈……”

她抬起一只手示意我闭嘴，我照做了。

“你爸和我已经正式申诉让你复课了。我必须得承认，小卡，我开始想，也许你确实不配回到学校……”

这里需要一个“但是”。快，说一个漂亮且重要的“但是”。

她站了起来，依然冷静得可怕，像短跑运动员一样将指尖撑在桌面上，身体前倾，与我四目相对。

“但是……”

漂亮！

“现在我想我知道你到底想在舞台上做什么。我知道你有潜力。虽然我对你展现才华的方式感到不满，但我明白有才华就是这样——某种才华。我跟校长谈过了，在他们处理申诉的过程中，你有这个星期和下个星期共两个星期的时间，所以条件是这样。”

她会把我踢出家门，我得永远跟兰舅住在一起，成为他的跟班，养一些姜黄色脏辫。我可能会成为他的巡回乐队的设备管理员，为音乐人扛乐器、从超市买饭。我可能会穿戴着无指手套和没有袖子的牛仔夹克……

“这是千载难逢的事，旅行也是一种教育。所以……你爸和我允许你去美国表演。”

……清理乐队的化妆间，给他们的货车加油，回兰舅的公寓，吃烘豆罐头——

等一下，什么？

“前提是……”

兰舅和我面面相觑。妈妈能看出我们俩都激动起来。妈妈站直了，抬起一根手指，也第一次提高了音量。

“前提是……你得在下周末之前回来，之后你就有可能要重新开始上学了……”

简单。

“还有，你不能侮辱别人……”

呃……

“以及……你保证再也不见亚历克丝。”

已经不见了，所以……

我缓缓地点点头，部分是对着自己。亚历克丝本来也不想再跟我说话，我也没什么要对她说的。她也没联系我，我为什么要联系她呢？

不。形势已经变了。

我需要为我自己考虑了。

我看着兰舅，他扬起眉毛，耸了耸肩。

马尔基嘻嘻哈哈地推了推我："好莱坞啊，兄弟！别犯傻哦。"

"是纽约。"我纠正他，依然有点儿恍惚。

"所以？"妈妈的目光从她弟弟身上转到我身上，"你答应吗？"

我把亚历克丝的脸从我的脑海中推开。

"百分百答应，妈妈，百分百。"

兰舅第一次开口，语速很快："这真不错，乔斯。我会看着他的，在外面的时候每天给你打电话。我可以……"

"什么？"妈妈话带嘲讽。

"我……我是说，我会看着……"

"不是你带他去。"

我来回地看着兰舅和妈妈。兰舅的脸因疑惑而挤成了一团。

"哦。我以为……你在医院上班，没时间休假，所以……"

"我是去不了，"妈妈说，好像答案显而易见，"我时间没那么自由，但斯图尔特可以。"

爸爸笑了。我的脸拉下来了。

"哦，"兰舅说，"好的，当然你说了算。"

"是的，我说了算。"

"只是……制作人把我当成卡姆的监护人了，然后……"

妈妈瞪了她弟弟一眼，眼神之犀利，我都觉得可能在他额头上划出了一道伤痕。

“为什么会这样？”

“呃……”

就在兰舅手足无措的时候，我插嘴了：“是我干的，妈妈。我发了邮件，然后……”

“好，那你可以把邮箱地址给我，我们来澄清一下，可以吗？”

“乔斯——”

“我觉得你做的够多了，兰，对吧？他爸爸会带他去。是吧，斯图？”

爸爸开心地走上前，点点头：“听他妈妈的。”

第四十一章

很多“也许”

严格来说，这是一次胜利。两天后，我对自己说。妈妈已经跟乔治・莱西说允许我去了，爸爸把我们的护照信息发了出去。莱西则通过邮件发来了在纽约三天两晚的机票和酒店信息。是我在某种程度上促成了这件事。严格来说，这是一次胜利。

但我为什么没有那种感觉呢？

回到家待了一晚后，我这个星期剩下来的时间都在兰舅家——我和妈妈都没有做好完全团圆的准备，加上马尔基对我“因坏事得奖励”而耿耿于怀，我可不想再花三天时间身处其中。但其实，主要是兰舅在意识到不是他带我去纽约的时候拉下了脸，这让我觉得我欠他一些“甥舅”时间。

“你得偿所愿了。”我收拾东西的时候，兰舅笑着说。

“是吧。”我耸耸肩。

“也可能不是。”兰舅扬起眉毛。

“嗯？”

“记得几个星期前我说的话吗？你要么知道你想做什么，

要么就尝试，然后知道你不想做什么。”他咧嘴笑了，“不过，你不会输。”

“你知道吗？这就是为什么我需要你在幕后！我爸是不会有这种想法的。他是压根儿一点儿想法都没有。”

“你怎么知道？”

“因为他从来都没有啊！对任何事情都没有！”

“也许他有，但不知道怎么告诉你。也许你不知道怎么问出正确的问题。”

“我一直都在问！”

兰舅耸耸肩。

“那也许是倾听的问题吧。我又知道什么呢？我只是一个疯狂的舅舅罢了。”

他把一件T恤丢到我的胸口，然后开玩笑地用一只胳膊锁住我的脖子，揉了揉我的头发。

我背起双肩包。

“我希望你能跟我一起去，兰舅。”

他摇了摇手，拒绝了。

“会有其他机会的。也许这之后，咱们俩都会有巡回表演。谁知道呢！你需要我的话就打电话，简单。哦，对了，你在外期间如果有双陆棋棋局的话，我会……通知你。”

我露出难为情的神情，而他连她的名字都没提，这令我更加难为情。我感激他没提名字，光是听到就会让我尴尬。

我点点头。我们抱了抱，然后兰舅打开前门。我走出门的时候，有一种强烈的预感，下次再见到他时，将时异事殊。

274路公交车始终是适合进行创意性思考的地方。

公交车常常被玻璃窗户包裹着，行驶缓慢，所以在悠闲的慢行中，有很多可以看的东西。坐公交车适合思考，而我有很多要思考的事情。

现在，我忽视着人行道上跑过的所有的金发孩子——他们看上去都像是不同样子的亚历克丝，而把注意力放在我的任务上。乔治·莱西叫我想想接受米西访谈时该说的趣事，以及更有挑战性的事——在米西秀的舞台上来一段新鲜的简短表演。现在，我正在尝试把不嘲笑现实中真人的段子和嘲笑真人的段子分开。

我在兰舅给我的小本子上写下词句，比如“校服只是一套奇怪的小型西服”“为什么是粉笔与奶酪？”还有“写着临时标识的临时标识”。但真正让我发笑的是鸽子飞到老师的脸上，认为桂冠诗人是一个叫桂冠的写押韵歌词的女士，或者把保鲜膜当成热导体。

在前面的斑马线上，我又看到了一个金发孩子，甚至不是女孩，阴魂不散。

家的感觉不同了。作为一个实际上已经搬出去的人，我觉得自己更像是访客，或者租客。我应该和爸爸、妈妈、马尔基握手，然后说，嘿，我是小卡，我喜欢书和文字，靠说蠢话自娱自乐；我等下就得走，明天去纽约处理工作什么的。

那天晚上，在厨房里，桌子上摆着一个敞开的大行李箱。爸爸坐在那里盯着里面的东西，妈妈俯身站着，手放在腰间。

“一条短裤就够了，斯图。就三天——你还想花几天去沙滩？”她拿起四条泳裤，“我觉得肯定不会去四天吧。”她从四条短裤中取出一条放回行李箱，然后把剩下的三条放在桌子上。“你总是这样，出门带很多东西。”

爸爸耸耸肩：“我只是喜欢做好准备，有备无患。”

“曼哈顿没有沙滩，斯图尔特。”

“嘿。”我在门口说。

爸妈都停了下来。

“嘿，小卡，”爸爸说，“你准备好了吗？”

我点点头：“嗯。”

爸爸翻了翻白眼：“别太激动。”

“小卡，麻烦帮我把小行李箱拿来。”妈妈说。她看着爸爸的大行李箱摇摇头：“他不需要这么大的。”

我打开储物柜的门，马尔基从卧室钻了出来。

“世界上最伟大的艺人回来了！”

“就回来一会儿。”

我钻进储物柜里取行李箱。马尔基向前走了几步靠近我，然后低声说：“你记住，你站在聚光灯下，吃飞机餐，拍自由女神像……这些都是不对的。”

我拿出行李箱，转身面对他。

“没有一个是对的。”他气冲冲地说。

我们相互盯了片刻。我皮笑肉不笑：“可能对你来说是吧。”

“小卡！”妈妈在厨房喊，“行李箱呢？”

我挪开视线，从他边上走过。

“这就好多了，”妈妈边整理爸爸打包的东西边说，“小卡，你带护照了吗？”

我点点头。

“干净的衣服带够了吗？”

“嗯哼。”

她拉上小行李箱的拉链，重重地把它放到地上，然后坐了下来。

“好了，坐下吧。”

我坐下，跟爸妈围着桌子形成了一个三角形。爸爸交叉着双臂，尽力摆出一副“我也很认真”的表情。梦想几近成真，这是真的。我几乎都闻到飞机餐的味道了。

“这次旅途是信任之旅，小卡。你爸是我的耳目，所以我不用担心，对吧？”

我盯着她。妈妈向我靠近：“对吧？”

“是的。”

“你安安全全地去，回来后开始上学，然后我们开始认真地来考虑 GCSE，以及你未来的一生。”

我点点头。

“会很好玩的，小卡。”爸爸说，妈妈瞪了他一眼。“我是说，不……会过于好玩，是一次愉快的……我是说有教育意义的体验。”他看着妈妈，“对吧？”

她扬起眉毛，看着我：“还有什么问题吗？”

“其实有。我能说一声谢谢吗？”

一丝丝的微笑。

“你可以。”

“谢谢你，妈妈。”

顺畅。

这么多年来，我第一次感觉到一阵刺激感掠过我的全身。我太激动了。明天一大早，我将在云端。

第四十二章

抵达

在飞机上的电影声和爸爸源源不断的呼噜声之间，我在笔记本上写下想法。基本上只有标题，等待之后添加细节，比如坐在小椅子上的怪异高个子男不知怎的睡得像个孩子。

当我看到纽约的灯光透过机窗照向我的时候，我合上了笔记本。那灯光就像无数的烟火，魔法般地冻结在时间里，景色很壮观。我处在这催眠般的状态里，直到走出通道，进入机场的广阔空间。

作为这颗星球上最具标志性的城市建筑之一，约翰·菲茨杰拉德·肯尼迪国际机场像是一个预算不足的学校体育馆和老旧购物中心的混合体——甚至不是那种有苹果商店和无限续杯冰激凌的高级购物中心。

让我惊奇的是，当我们缓缓经过出入境管理中心的时候，到处都是警察。不好意思——应该说是条子[1]。

[1] 这里原文用的是cop，在美国俚语中是警察的意思，略带贬义，故翻译成条子。——译者注

“动起来，各位！”

“嘿，伙计，排队！”

“先生！这边请！先生？先生！”

在我放慢脚步欣赏他们的时候，一个严肃的女警察朝我喊：“走快点儿，年轻人，快快快！”我几乎快晕厥了。这些声音，这些说着电影台词的角色……带着攻击性的礼貌。我真的怀疑有没有英国人能够把“请”和“先生”这些词说得像是“赶紧的”和“傻瓜”。这真是一种享受。

在我们等待行李的时候，爸爸和我跟家里打了视频通话。妈妈依然像平常那样严厉，但没有不友善——知道家人安全抵达，妈妈自然感到满意。马尔基没有过来视频，我猜他还在嫉妒。

拿到行李之后，爸爸和我朝机场出口张望，无数司机举着写了名字的牌子。

“在那里！”爸爸指着一个人。如果我爸是橡皮泥，你把他揉揉，涂成棕色，再把他头顶剃光，给他扎个马尾辫，差不多就是那个司机的样子。那个司机比我妈矮，他的宽度跟身高差不多，像一个人形葡萄柚；他戴着墨镜，对着插在耳朵上的麦克风说着西班牙语，举着写了“卡迈克尔·泰勒”的牌子。

爸爸冲他露出一个大大的虚伪的笑容。“人形葡萄柚”扬起眉毛，那眉毛都高过了墨镜。

“嗨。我是，呃——我是……我不是卡迈克尔·泰勒，但是——”

“那你就往前走啊，老兄，我等的是卡迈克尔。”

“我是卡迈克尔，”我说道，化解了我爸用奇怪的天赋创造的尴尬，“你可以叫我小卡。”

“人形葡萄柚”摘下墨镜，擦掉了迷你白板上我的名字，完全换了一副举止，但依然带着同样浓重的西班牙语—英语—纽约式的口音。

“我是接你的。”他笑着说，“去曼哈顿对吧？《米西秀》？”

“呃，是的，麻烦了。”

“我叫曼尼，”司机说，“我将是你的司机。”他转向我，压低了声音，像是要分享一个秘密：“这人是谁？你的保镖还是啥？看上去倒是毫无威胁，有点儿像英格兰人。”

我笑了：“他是我爸。”

“我叫斯图尔特，”爸爸说，“我是……苏格兰人。土生土长的。”

“啊哈！”曼尼大笑，“就像《勇敢的心》[1]吗？他们苏格兰人真疯狂啊，小伙子！我收回刚刚的话。你们那儿的人都知道怎么驯龙，我可不想惹！好了，跟我来。”

---

[1] 一部于1995年出品的美国电影，讲述了一个根据苏格兰民族英雄威廉·华莱士的事迹改编而成的不屈不挠的故事。

等我们走出去，混入喧闹的乘客、机场员工和其他出租车司机之中，我就已经爱上了这里。城市的热浪扑面而来。这里就像放大版的卡姆登。我又笑了——我从一个家来到了另一个家。

“让我们进城吧！”曼尼唱道，他开着一辆跟小房子差不多大小的吉普车，驶出机场。我透过窗户，想着我从飞机上看到的那个巨大的集成电路芯片消失去了哪里。

“这……不是……？”

曼尼在驾驶座上笑了。爸爸和我相互看着对方。

“这是皇后区，小伙子！皇后区啥玩意儿都没有！”他想了一下，“除了我哥哥赫克托跟他那俩讨人厌的孩子。”

“你的……侄子和侄女？”爸爸询问道。

曼尼点点头：“是两个男孩。太讨人厌了，真的。我就不应该给他们买水枪。曼哈顿才是城里，人都往那儿去。明亮的灯光，高级的玩意儿……等下你们就知道了。”

我们遇到了红灯，曼尼转过头来盯着我，像是第一次分析我：“你跟我一样哈，小子？”

“嗯？”

曼尼挥舞着手指，像是在表演魔法。

“在颜料桶里经过特殊混合，限量版的多口味冰激凌，我说得对吗？哈哈，耶。我家族的大多数人是多米尼克人，但我有牙买加、非洲、西班牙血统……呜！疯狂啊[1]！疯狂。我就是块拼接挂毯，哟。不过这就是纽约，小宝贝。你是啥血统？”

我必须得说，我喜欢这种直接。在家里，这会让人感到非常尴尬，但在这里感觉很对。

“我妈妈来自格林纳达……”

“是加勒比吗？”

他说加勒比的时候，把重音放在了“勒”上。

“是加勒比。”爸爸确认道。我们说这个词的时候，重音全在“比”上。

“我就是这么说的啊，”曼尼说，然后转过来看着我，指着我爸爸，“所以这位麦格教授[2]就是让你有一个姜黄色爆炸头的原因！”

我们都笑了。

“是的。”我说。爸爸翻了个白眼。

交通灯变绿了，他启动汽车，晃着头。

“狂野！我喜欢！哦哦！撑住，撑——住！动起来[3]！”

电台里播放了一首歌，曼尼把音量调到了震耳欲聋的等级，

[1]“疯狂啊”这一句原文是西班牙语。

[2]《哈利·波特》系列小说中的人物，在霍格沃茨魔法学校教变形学，出生于苏格兰高地。

[3]“动起来”这一句原文是西班牙语。

震得爸爸龇牙咧嘴。

“呼——！”曼尼喊了出来，跟着说唱。他摁了一个按钮，玻璃车窗同时滑下，来自高速路的风灌了进来。热风摩挲着我的脸，坐飞机的劳累消失殆尽。爸爸想把车窗弄上去，但没有成功，我则一笑了之。就在这时，我看到了前方的景象，几乎瞬间呛住了。

地平线上，一栋接着一栋的摩天大楼拔地而起，映入眼帘，就像看着自然节目里延时摄像机拍下的植物生长。我的眼睛眨了一次、两次、三次。哇哦，曼哈顿，这是真的。

曼尼冲着他那边的车窗呼喊着：“欢迎来到纽约！”

第四十三章

如此新鲜

多好的欢迎仪式。半个小时后，交通慢了下来，我们蜗牛般地在集成电路芯片的格子间穿梭。我的眼睛如闪电般张望，贪婪地观看着每一家店面、每一个行人、每一处住宅。我迫不及待想下车抬头看。

“还有多久，曼尼？”我在后座说。

“哦，最多五分钟。你的酒店只有几——哎！嘿！你干啥呢，找死啊，老兄？你那穿着五美元[1]烂鞋的脚别从人行道上下来啊，笨蛋！”

一个穿着正装的男子走到曼尼的跟前，两人互相交换了一些粗鲁的手势，直到着急赶路的行人放弃然后走掉。

“Jaywalkers。”爸爸说。

“那是啥？”我问道。

“美国人这么称呼乱穿马路的人。”

“那什么，本美国人想叫他另外的名字，但车里还有乘客。

[1] 一美元约为七元人民币。

好了，下个街区就到了。”

“我就在这里等乔治。交警查得可严了。”曼尼在庭园酒店外面停了下来。

我关上车门后，在原地做了个 360 度旋转慢动作，抬着头看那排列得整整齐齐的大楼交错在大街小巷组成的井字格棋盘里。一切都那么井然有序，那么现代，跟家乡那混乱无序的小路和大道截然不同。我既感到自己仿佛进入了我最喜欢的电影中，也感到自己踏进了不远的未来。我深深地吸了一口气，仿佛可以把这座城市的一部分灵魂吸入我的肺里。曼尼的声音将我从中带了出来。

“好了，玩得愉快！”

“谢谢你，曼尼。”

“别客气。”

“嗯，谢谢。”爸爸说。我们从他身旁经过，走向酒店大门的时候，曼尼翻了个白眼。

“那好。”他说，把胳膊肘放在开着的车门上。

感觉有什么不对劲儿，然后我突然明白过来。我掏出一张兰舅给我的皱巴巴的十美元纸币，转身递给曼尼。

“抱歉，我只有这些。”

曼尼咧嘴笑了。

“你留着吧，小伙子，这不是你该干的事，你有这份心就好，对吧，麦格教授？”他最后几个字是冲着爸爸说的。

“我——呃，我得换点儿现金，呃，我……”

爸爸的声音越说越小。

“嗯。再见。”

“嗯。”爸爸尴尬地说，然后钻进了旋转门，但很快就被门卡住了，这让曼尼感到非常好笑。

在酒店前台的沙发上坐着一个和我爸差不多年纪的瘦子，他摘下了一副看上去很贵的墨镜，从沙发上弹了起来，快步朝我们走来。

“卡迈克尔·泰勒，你来啦！”他模仿着英式口音喊道，“我是乔治·莱西。”他用力地握了握我的手，然后抬头看了看我旁边的瘦竹竿：“你肯定是他的爸爸吧。”

“很高兴见到你。”我爸说。

“高兴的是我才对。”

乔治·莱西看上去是崭新的，有点儿像刚刚从盒子里拿出来的玩偶肯尼[1]。他蓝色的眼睛闪闪发光，没有眼袋，牙齿像钢琴键一样排列整齐，反射着些许强烈的光。把他和我爸都称作“白人”，是对他那古铜色皮肤的侮辱——毫无疑问，那是

[1] 美国玩具制造商美泰于1961年向大众推出的人物玩偶，是芭比娃娃的男朋友。

我们承担不起的度假带来的。他精心打理的金发像是一顶崭新的帽子，完美地盖在头顶；最精华的部分是整齐的额发，每一缕都是顺从的、精心处理过的。他甚至很好闻，就像刚擦完爽身粉的婴儿；他的匡威鞋上的白色部分依然是白的，每条裤腿中间那唯一的折痕像是在我们进来之前刚刚熨过；他的T恤衫是专门做旧的，但看起来领子后面好像还贴着价格标签。

“欢迎来到纽约，咱们先安顿下来。”

我们站在前台等着拿房卡的时候，乔治·莱西滔滔不绝地说起来：“明天早上，曼尼会在前门接你，带你去我们在切尔西的演播室，离这儿就几个街区。我们会进行一次完整的彩排，你看下现场，见见节目组的工作人员。星期六我们会现场录制整场节目，星期六晚上我们送你上飞机，回到阳光灿烂的英格兰见你的粉丝！这个计划怎么样？”

“呃，好，”我说，“非常棒！”

他开玩笑地推了推我。

“行，你继续打磨你的表演吧，伙计，我们都等不及想看你要拿出什么压箱底的活儿了！”他假装低声跟爸爸说话，但音量足以传到我的耳朵：“兄弟，你生了一个活宝，知道吧？可别跟人说哦，他会成大明星的！”

前台拿出了两张房卡。乔治接过来，看了看号码，然后给我和爸爸一人一张。

“你们住在四楼，景色很棒。尽情享受吧！”说完，他就转身离开了。

“等等——到明天之前我们要干什么？”

他在旋转门处又转过头。

“先生们，这里是纽约。请随心所欲。”

第四十四章

有其父未必有其子

如果这是一部电影，我们会直接从乔治笑着说“请随心所欲”那里，切换到我和爸爸睁大眼睛在纽约的热门景点拿着热狗拍照的蒙太奇片段，背景音乐是一首朗朗上口的吉他重复片段。

但现实里，我们基本上就是不停地走，站着，继续走。

把包放在前台后，我们在一个叫高线公园的地方走了一段路，它本来是一条空中的铁轨，现在更像是坐落在一条长无止尽的桥上的狭长公园。我们走到港口之后想去看自由女神像，但我们走反了。我盯着水面。曼哈顿是座岛城，这个事实对我来说就足够魔幻了，就像是热带地区没有树一样。

然后我们花了二十分钟在拥挤的街上游走，还走错了地铁入口；之后在拥挤的地铁上，闻了二十多分钟别人的胳肢窝，两次坐过站。感觉就像我们穿越了大半个地球，只是为了过来体验一下跟高峰期的伦敦地铁没什么太大差别的地铁。

“爸爸，我们能明天再逛博物馆吗？”

“下一站就是博物馆。”

“我不明白为什么我们不能打一辆黄色的出租车呢？”

“因为我不傻，打车得花五倍的钱。”

“但能让我们直接到想去的地方啊。”我咕哝道。

“你说什么？”

“没什么。”

我急迫地想回到地面。我不在乎到底去哪里，我只是想闲逛、琢磨和思考，让自己完全沉浸其中。

我们俩都又累又烦。我们的英国身体已经忘了时间，但我们知道，此刻我们只要一沾床就能立刻睡着。然而，这么短的旅程，来到一个我们可能永远不会再来的地方，爸爸决心要尽可能多地观光。

我的肚子饿得咕咕叫。我痛苦地意识到，饥饿加困倦等于不耐烦。我们路过了一家卖片装比萨的小店，爸爸走在前面，我拖着脚跟在后面。

“爸爸，我们能停会儿吗？”

“我们快到了。”

“我饿了！”

“我也饿。”

“那就停下来吧。”

“这可是一辈子只有一次的事情，小卡。我们不能停下来。”

他继续行走，我拖着步子跟着他，融化的奶酪和意大利腊肠的味道渐渐消失在我身后，就像一个蹒跚学步的孩子手上丢失了氢气球。

“也许我并不关心谷歌泰姆。”

“是古根海姆[1]。而且你关心，每个人都会关心，只是你不知道而已。”

“你什么时候开始对事情这么有想法了？”我嘟囔道。

“什么？”当我们转过一个拐角时，爸爸转过身来面对我，一个确实惊艳的球状建筑突然耸立在我们面前，它看起来就像一个巨大的茶杯放在巨大的茶碟上。

“别嘟囔了，看这个。”他指着博物馆。

“小朋友，这就是建筑工程学的奇观啊。”他笑着说，“里面也不差，走吧。”

爸爸脚带春风地朝大门走去。

一个身形庞大的保安拦住了他的去路。

“各位，跟你们说一下，我们七点关门，最后的入场时间是十五分钟后。”

爸爸泄了气。

“你觉得看完所有东西得多长时间？”

[1] 古根海姆博物馆是世界上最著名的私人现代艺术博物馆之一，也是一家以连锁方式在全球各地经营的艺术场馆。其中，最著名的两处位于美国纽约和西班牙毕尔巴鄂。

“所有的吗？三四个小时。”

爸爸皱起眉头。

“好吧，所以我们还能看四十五分钟，我们可以——”

“我们在六点四十五分就开始通知游客离开了。”

爸爸看着我，我耸耸肩，这个时候我更在乎比萨。他叹了口气，不再挣扎。

“好吧。你赢了，小卡。”

“我赢了什么？”

他沮丧地摇摇头。

“走吧。”

“我们现在能吃比萨了吗？”

十分钟后，我们吃上了浪漫的双人晚餐，一片比萨，一罐汽水，坐在一个叫杜安·雷德的药店外的路边，身边是一个流浪汉。**谁会管一个药店叫杜安啊？**我思忖着，本该把这句记下来，但我太饿了，停不下嘴。

直到扔掉沾满油的纸巾和空罐子，我们才发现自己离中央公园有多近。在傍晚的阳光下，它看上去辽阔而美丽，中央的巨大银色湖泊闪烁着粼粼波光。恋人、朋友和家人散落在草地和长凳上，跑步者则开心地奔来跑去。

我们站在墙外，看着这一切，因为刚才吃了太多奶酪，身心都缓慢了下来。

我冲着广袤的平静绿洲点点头："这里可能更适合吃东西。"

爸爸叹了口气，摇了摇头。他在手机上刷着信息。

"纽约科学馆里有一个造桥历史展览，明天彩排之后我们也许可以去看看。"他往公园的大门走去，"跟上。"

造桥。

我这里甚至不会打上问号，或者感叹号。该死，我甚至不会用粗体。我就留两个字和一个句号，你们想去吧。

造桥。

我们走出宾夕法尼亚站（又出错了口）的时候，我的脑海中冒出了一个开心的想法：酒店。我喜欢酒店。早饭，一次性拖鞋，厕纸的尾端被神秘地叠成三角形……

乔治给我们房卡的时候，我们太激动了，没上楼就直接去探索城市了。

所以，当我们拖着小行李箱坐电梯上四楼的时候，心中还是有些期待的。

电梯门打开，爸爸掏出了自己的房卡。

"414……"他念道，然后慢慢往前走，查看着房间门，"你是哪个房间？"

爸爸在414号房前站住，我也停了下来，看着我的房卡。

“41……4。”

“啊？”

“哦。”

“看来咱俩一个房间。”

“酷。”我挤眉弄眼。

“酷。”爸爸耸耸肩。

酷。

他插上房卡，打开门。老实讲，是一间相当不错的屋子：宽敞，有小冰箱，浴室大，窗户大，窗外的风景确实好……

还有一张双人床。

酷——！

第四十五章

现实之刺痛

“给您造成的不便，我们深感抱歉，先生。我们立刻给您换一间双床房。”

“谢谢。”第二天早上，爸爸对前台说。工作人员歉意连连，并表示愿意提供帮助。爸爸和我已经准备好面对尴尬的抱怨场景了，结果整个交流过程快速、简单，以至于我在去早餐区的路上就想，也许昨晚我们就应该说一下，避免……不必要的不快。**你爸爸曾经把光着的脚放在你脸上过吗？我以世界上所有的神圣事物起誓，希望没有过。**

我们抵达自助早餐区的时候，我说：“你知道吗，也许我们早就该说——”

但爸爸打断了我，回复道：“我知道。”

这简洁地展示了男人是如何谈论感受的。

注：如果你住在酒店，在拿到早饭之前坐在桌子边有什么意义呢？这又不是餐馆，这是酒店的用餐区。可能晚上的时候

像个酒店，有正规的服务员什么的，但早饭的时候，这是你需要自给自足的地方，你得先拿吃的，再坐在你想坐的任何地方。当爸爸和我在桌子边坐了五秒之后，我想，这没有任何意义，然后，我们起身去了五秒钟前刚刚路过的自助早餐区。

是的，这个早上我感到有点儿沮丧。

我的现实情况开始悄悄浮现——这不是家庭度假，甚至不一定是通往巨星之路的梦想门票，这是一次现实的、真正的挑战。我有事要做。我处于高压状态，为此我丢掉了最好的朋友，还有可能失去我的上学名额。明天我就要去逗笑整个世界的大部分人了。我正在做一件了不起的事，但也相当可怕，我唯一的支持来自一个我平常都不太愿意跟他说话的人。

让这一切暂时变好的是培根。还有甜燕麦片，华夫饼，松饼，薄煎饼，小香肠，炸土豆片，西瓜，冰酸奶，各种鸡蛋，格兰诺拉麦片，水果奶昔，以及奶酪片（因为某种原因）。

“你吃好了吗？”爸爸看着我面前的杯盘狼藉，摇了摇头。我伸出一根手指，示意“稍等片刻”，灌下了最后一口草莓香蕉奶昔，这是我第四次去自助区取餐时，一位善良的女士给我做的。我享受地吐了口气，重重地把玻璃杯放下。

“好了。”

爸爸看了看手表。

“曼尼现在应该到了，走。”

他站起来，转身离开桌子。我把盘子叠在一起（周到）后，跟在他后面离开。

“咋样啊，伙计们？[1]准备干好这件事了吗？”

“嘿，曼尼。”

他伸出一只拳头，我回以一击。

“早上好。”爸爸说，径直钻进车里。

“哦，其实我有个不错的问候方式。”我对曼尼说，并向他展示了兰舅教我的握手方式：先是击拳，然后拍两下，再是手指摆动起来。

“在浪上面。”我笑着说。

“我就说！赞爆了，兄弟[2]！”曼尼笑着说，我们俩都钻进了车。他重复了手指波动：“在浪上面，我喜欢。”

到演播室不到十分钟的车程，这么短的距离却坐着这么大的车，还有带着对讲机、年纪也就比我大几岁的人给我开门，我感到了一丝贵宾待遇。

“早上好！”他高兴地说，然后笑了，“一路怎么样？”

“呃……短？”

[1] 此句原文是西班牙语。
[2] 此处“兄弟”原文是西班牙语。

我们站在外面看着这栋建筑，它就像亚历克丝给我看过的网络视频片段里的一样，是一栋位于两条路交叉处的街角建筑，L 形的最底层全是有色玻璃，所以一眼就能看到他们在哪里录制的《米西秀》。你在电视上能看到的外面的普通大众，就是在我们现在站的地方，趴在玻璃上，看着，摆动着，欢呼着。

里面有闪光的演播室地板，色彩明亮的墙壁，大概能坐一百人的观众席，无数从天花板上射下来的灯光，一个小型的舞台，一个带着节目组图标的背景，迷你棕榈树，一张沙发和米西那著名的椅子。演播室工作人员来回忙碌着。我看着爸爸，爸爸看着我，我确信他脸上的表情跟我的一样：现在是动真格的了。

“有艺人来了。”那个年轻人冲着别在衬衫上、位置有点儿远的麦克风说道，麦克风连着他的对讲机。然后他转头对我说：“这边请。”我环顾四周寻找所谓的艺人，然后意识到说的是我。

“征服他们吧，小兄弟！”曼尼在驾驶席上说。

“他来了！”

乔治·莱西从一群穿着“米西秀”T 恤的人里面走出来，夸张地一路小跑穿过接待区，来到爸爸和我等候的地方，我们俩对这个地方的规模越来越感到惊讶。乔治两只手都放在我的肩膀上，然后向我靠近，露齿而笑，牙齿太过晃眼，我不得不稍微眯上眼。

“你还好吗？”

“嗯。”

“昨晚睡得好吗？”

“不是太好。”

“烦人！时差劲儿太大了是吧！”

爸爸和我交换了眼神。

“是的。”我说，没人需要知道更多。

乔治压低了声音，像是要跟我说一个秘密：“咱们可以施展一些魔法吗？”

他转向身后的队伍喊道：“咱们可以施展一些米西魔法吗？”一群人全都开始庆祝和高呼。我想这就是美国吧。

“跟我来。”他说。他推开双开门进入演播室，然后拍着双手喊道：“好了，各位。这是卡迈克尔，他是我们这个星期的特别来宾。打声招呼吧！小卡，这是大家。”

“嗨。”我说。乔治转向我爸。

“小卡爸爸，你想在观众席看吗？位置随便挑！”他管我爸爸叫“爸爸”，就跟幼儿园老师喊家长的方式一样，不是用他们的真名。爸爸选了一个中段的位置。

“好了，”乔治说，然后指着沙发，“咱们开始吧。”

我坐进豪华的坐垫里，乔治坐在米西的椅子上。

“米西在哪儿呢？”

“她喜欢把自己的炮弹留在直播时。”

“这是什么意思？”

“她更喜欢即兴，在直播当天见自己的嘉宾，这样能保证对话新鲜真实。”

“哦，那很棒。”我说，试图掩盖自己要迟一些才能见到大明星的些许失望，但失败了。

“是的，她……就是那样古怪。不过，先让我们把演出过一遍吧。你之前看过，对吧？”我点点头。“很好，所以你知道流程。我们会有一个大牌歌手，一段广告，一个大牌演员，一段广告，一些观众互动，再来一段广告，然后就是王炸了——这个人家最喜欢的部分——干了疯狂事情的孩子，对吧？”

“对。”我笑了出来。

“米西会问你一些问题，你来自哪里，你喜欢什么，以及一些背景什么的。自然点儿，但努力抛出一些有意思的观察。”

“观察？”

“你看过的或干过的有意思的事情，知道吧？”

“哦，好的。”

“咱们试试吧。我现在是米西，你是你——准备好了吗？”

“嗯。”

“好嘞，走起。”他转身面对放在前排观众席前无人看守的镜头，然后突然坐直，用一种奇怪的主持人腔调说话。

“欢迎回来，一位从英国伦敦远道而来的毒舌喜剧天才卡迈克尔·泰勒加入了我们！卡迈克尔，你好吗？”

“你可以叫我小卡。我很好。”

“好的，好的，所以，嘿，伦敦是什么样的，小卡？”

“每天下雨，所有人都讨论下雨。不下雨的时候，每个人也讨论雨。”

“哈哈，我明白。说什么呢？”

“什么？”

“这些傻瓜都说什么呢？”

我抬头看向爸爸，他坐在位子上，身体前倾，皱着眉头。

“呃……你知道的，就是抱怨。”

乔治无精打采地坐着，停止了微笑，开始缓缓点头，看着我，然后大大的笑容重新回到脸上，但没有了主持人的腔调和举止。

他靠近我，拍了拍我的肩膀：“干得很好，小卡，非常好。调动起我们的活力，好吗？不过很棒，伙计。”

他靠回到米西的椅子上，切换回主持人模式：“所以，谁是你们家最爱抱怨的人？”

“哦，绝对是我妈。她是那种硬核的军队将军型妈妈。比如我要是把饮料洒了，她会——”

我感觉到爸爸在椅子上又开始坐立不安了。

乔治看了看观众席，然后又看向我。

“继续说。”

“就是……她有时候会那样。”

“嗯。”乔治看上去很失望，然后很快，他又满脸笑容，“好的，别担心，咱们调整调整，激发一点儿火花……”

“好。”我咕哝道。

我无法掩饰自己的不确定，我能感觉到乔治也变得不确定了。妈妈的警告在我的脑海里盘桓，我觉得自己不像是坐在位子上，而是被绑在了上面。

交谈结束后，乔治往外看，用手挡住头顶上射下的强光，叫道：“布莱恩！布莱，我们可以把光调整到直播时的状态吗？西迪克，能把摄像机弄起来吗？我们排练一下从沙发到表演的动作。好了，咱们动起来！”

大概二十个人突然忙碌起来，巨大的三脚架和车轮上的摄像机开始跟着后面的摄像人员转动起来；梯子被搬走，主题音乐开始播放，停止，倒带，再播放。然后现场突然变黑了，一会儿之后变成了粉红色，又变成蓝色，变成红色，不同颜色混合，最后，一束光照在我们身上。乔治带着小心而权威的眼神看着这一切，然后，他将注意力转向一片漆黑的观众席，我只能依稀看见爸爸的身影。

“你在观众席怎么样，小卡爸爸？”他喊道，“你还在看我们吗？”

“在的，”爸爸的声音带着标志性的缺乏热情，“很酷。我在看，在听。”

乔治对着阴影竖了个大拇指，然后转过头来：“所以，呃，你为表演准备了一些想法吗？”

我从屁股口袋掏出小小的笔记本，敲了敲它。

“其实我有很多想法。”

乔治冲着我笑。

“不愧是你！好了！马希！咱们准备好了吗？”

一个看不见的扬声器里传出一个看不见的声音。

“准备好了，GL[1]。”

乔治转向我。

“好的，等下我会先弄点儿掌声，然后马希会播一段音乐，那就是你上台表演的讯号。明天米西会先隆重地介绍你，但现在我们就是走个过场，感受一下，可以吗？”

“当然。”我说道，这个表达确定的词汇从我嘴里说出来没有一丝的确定。乔治夸张地扬了扬眉毛。

“好吗？”

[1] 乔治·莱西的英文名字缩写。

我挤出笑容点点头。

“好的！”

乔治跳了起来，向空中挥了挥拳：“好了！积极的能量！”

我看着凸起的小型舞台周围的光圈。一个人正在检查麦克风的电池，他吹了吹麦克风，然后把它放在光圈中间的支架上，支架顶端有一个小小的“X”标志，是用彩色胶带做的——有一个专门贴胶带的人。我四周的每个小东西都有专人负责，我突然感到一种巨大的责任感，而这还只是排练。但只是排练而已，我告诉自己，在人们面前演练巧舌如簧——这是你的专长。这是你生来就要做的。

我深吸了一口气。

“准备好了吗？”

“准备好了。”

“大家注意，摄影机就位。达纳，接下来交给你了。”

一个对讲机上印着“第一副导演”的女人从黑暗中出现，开始像新兵训练营的军士长一样喊着指令。每个人都各就各位后，她喊道：“介绍完毕，掌声准备——五、四、三……”

当她说完三，用口型念完二和一之后，摄影机上的灯全部变成了红色。

尽管我现在除了乔治谁也看不到，但我听到大概有十五张嘴在高呼，十五双手在鼓掌。

“先生们，女士们，这是卡·泰勒。”

乔治站了起来，伸出左臂，手掌指向一条走上舞台的路。我从沙发上站起来，从容地走向麦克风，想在我的步伐里增添一些自信。米西的椅子和沙发上的灯光变暗。在强烈的聚光灯下，乔治消失了，我现在什么也看不见。欢呼声停了下来，我把麦克风从支架上取出来，知道所有目光都聚焦在我身上，但我假装他们都不存在，开始感到自信喷涌而出。

“嘿，我是卡迈克尔·泰勒，因为在英格兰，每个人的名字都是根据古老的城堡主人的名字取的。”

黑暗中传出几声咯咯笑，其中有我爸爸的。我感到镇定。我想只有等到有真正的观众，我才能得到像才艺之夜上的那种笑声。所以，我不再停顿和担心，而是又深吸一口气，继续说下去。

“我不知道你们有没有去过英格兰，我们那儿有一个古老而神圣的信仰……它叫茶。我们坚信茶的治愈能力，为此不惜干掉那些不好好准备的人[1]……嘿，我是坐经济舱飞到美国的，你们好像管经济舱叫‘车厢’（coach）？我觉得全球都应该达成共识，把它叫作‘废柴区’，因为你路过那些躺在四柱床上按摩脚的人时，心里就是这么想的，对吧？我注意到你们美国

[1] 这一句是英美两国经常互相调侃的梗，美国独立战争就是因为波士顿倾茶事件而引起。这里作者的意思是，正是因为美国没有好好准备茶，英国才会派兵镇压。——译者注

人会给很多小费，让人‘留着零钱’什么的。而在英格兰，我们给司机小费的唯一理由是，他们在旅途中救了我们的命。即使这样，我们也可能不给。我们只会说谢谢，然后等着他找一分不差的零钱，比如十二便士……”

我感到奇怪，感觉自己不再是自己，像是有人在模仿我。

我看了看提示板，下一个部分是美式英语和英式英语的不同，这是会让人觉得有意思的观察，温和且安全，但不那么……呃，自我。

我甩掉不适，继续往下说，但是达纳和乔治突然开始鼓掌、高呼，直到所有人都加入了进来。

“把观众席的灯打开！”

演播室突然变亮了，自动窗帘开始往上卷，我能看到外面的街道。我抬头看向观众席，爸爸在笑。他扬起眉毛，露出“我被你惊艳到了”的表情，伸出了大拇指。

“漂亮，漂亮，”乔治说，走向讲台的时候依然鼓着掌，“我打断你，只是因为我们需要花几分钟检查灯光和音响，确保你感到自在，你明白吧？你感觉怎么样？”

“嗯，”我说，然后快速补充道，“我喜欢。”

“很好！你听到了吗，小卡爸爸？他喜欢哎！”他冲观众席喊道。他转身之后，我咽了一口唾沫，紧锁眉头，一丝困惑萦绕着我。他转回来后，我又重新露出激动的笑容，他那亮瞎眼的白色牙齿再一次照耀着我。“很好。真的很好。”他双手放在我的肩膀上，把声音压低，变成了温柔的睡前朗读的音调，“听着，在米西叫你上台前，她会播放你才艺之夜的疯狂片段，非常赞，然后会说你的笑话有多么残酷，知道吧？砰，那个人被疯狂吐槽，砰，这个人被疯狂吐槽，明白吗？所以我们见到你，是想看到更多这种风格的东西。”

“比如……我讨论茶的那种，还是……？”

“哦，那个不错，那个东西不错，我只是说……你非常非常擅长选择目标，然后一击命中，你知道我什么意思吗？要毫不留情，要残忍。”他笑了起来，“我是说，你是怎么叫那个老师的？”他回想起来又再次笑了，“也许……就当那个卡迈克尔，你懂我的意思吗？”

“不明白，你是什么意思？”乔治和我转过身，看到爸爸就在我们身后，双臂交叉，“你是说小卡并不什么来着？不够恶毒？”

稀奇啊，稀奇啊，尴尬之王又一次上演尴尬时刻。他们两个人对视了一会儿，然后乔治低下头，再抬起头时，光束般的笑容完全绽放开来。

“我是说你儿子有独特的天赋。我来给你展示一下我到底是什么意思。今晚，我带你们去吃饭。男孩之夜，怎么样？”

“赞！”我说。

“行。”爸爸说，听上去兴趣并没有那么浓厚。乔治一只手放在我的肩膀上，一只手放在爸爸的肩膀上。

“漂亮。我会带你们去一个让你们大开眼界的地方。”

第四十六章

以那物体的速度穿行

但在那之前，我们去了一个让人摸不着头脑的地方看展——反正如果你在世界上最酷的城市只能待三天的话是没法儿理解的。是的，我说的就是纽约科学馆的造桥史展览。

“好……吧，”曼尼说，他耸耸肩，然后发动引擎，“那什么，每个人都有自己的爱好，对吧？系好安全带吧，伙计们[1]，咱们出发！”

当曼尼转动方向盘，将他那辆大车驶离演播室的时候，爸爸那天第一次看上去高兴了一点儿。

五分钟后，我失落地透过车后窗看着帝国大厦耸立在我面前，它像是一根巨大的手指，指着我本可以游玩一番的有趣景点。

“你怎么看？”爸爸说，“我是说，你觉得怎么样？”

爸爸竟然主动攀谈起来，我有点儿被吓到了，所以过了几秒才反应过来。

[1] 此处“伙计们”的原文是西班牙语。

“嗯？排练吗？嗯，挺好。”

“乔治呢？”

“他怎么了？”

“我不知道。”爸爸耸耸肩，“我是说，你开心吗？照着他想的做？”

“我是照着我想做的做，这是我们来这里的原因。”我有些不耐烦地说，然后又咕哝了一句：“除了这次学校的科普之旅。”

“你说什么？”

“没什么。”

曼尼吹着口哨说：“隧道的交通终于好了一次，这将是一趟惬意之旅呀！”

我们往岛的东端驶去，我还没来得及好好看看东河，一个巨大的绿色标识“皇后区中城隧道”出现了，我们一头扎进巨大的水泥通道里。

当我们钻出隧道，阳光似乎更耀眼了，建筑物铺陈开来。我们经过了几个公园，一大片墓地，最终在靠近一个大湖和皇后动物园时放慢了车速。

“好了，各位，我就把你们放在这儿，你们跟着路标走就行。下午三点我在这里等你们，可以吗？”

“可以的，谢谢。”爸爸说。

“你准备干什么呢，曼尼？”我问道。

“我兄弟的家离这儿大概十分钟车程。”他说。

他笑着从座位下掏出一把彩色大水枪，上面连着圆鼓鼓的水箱。

“君子报仇，十年不晚。”

我不喜欢数字。我的大脑讨厌计算，物理我也不灵光。如果埃尔伯特·爱因斯坦写了一首说唱，歌词是：哟，我是大埃，听着——一切都跟你的视野有关 / 那物体的速度？取决于你的位置，而不是说 $E=mc^2$，我或许会更关心相对论。自从我记事起，我总是告诉自己：科学？不；数学？不；地理？显然不；英语？毫无疑问地、不容置疑地、断然地肯定。意思：是。

但是。

不瞒你说，纽约科学馆真不赖。

这是那种你什么都可以摸的科学馆。有假象，有火箭航天器，甚至还有一个高尔夫球场，专门骗像我这样的孩子去学习引力，而我并不讨厌。我坐在上面读着文字，而爸爸在研究正确的角度，转动铆钉。我偶尔抬头，看着他因为铁质连接管连上了另一个而激动地跳来跳去，我心想，啊，保佑他今晚不会累死吧！

之后，我们来到科学馆前面的法拉盛草原可乐娜公园里，坐在一面矮墙上，吃着冰激凌。一般来讲，这个时候，我的大脑会思考为什么这个公园的名字像是由三个名字拼成的，但这一次，我发现自己正在享受太阳和柠檬冰糕，以及令人惊讶的是，我竟然也喜欢爸爸的陪伴所带来的温柔与平静。

“嘿，”爸爸说，“你知道是什么让我笑了吗？”

“什么？”

“你说就算出租车司机救了你的命，你也不一定会给他小费。”

我轻声笑了：“其实，那算是你给的灵感。”

“了不起呢！[1]”爸爸笑着说，然后补充道，“提供灵感是好事，但你不一定要讲那么多细节。”

“爸爸……”

他举起手掌。

“我不是在告诉你该怎么做，我只是——”

“传达妈妈的命令，我知道。”

“不是命令，是建议。”

“爸爸，我会说我觉得有意思的东西，可以吗？而且没有任何人类或动物会在这次节目中受到伤害，行吗？”

爸爸耸了耸肩：“行。”

熟悉的鼓和贝斯的低音轰鸣声逐渐靠近。我从墙上跳下来，曼尼停下车，他的马尾辫还滴着水。他掏出手枪，朝我们一顿

[1] 原文为charming，略带一点儿反讽的意思。——译者注

滋水。

“小心喽，兄弟们！”

我看向爸爸，他正在抹他脸上的冰激凌痕迹。

“现在我们可以看看纽约了吗？那种韦恩布利奇中学不会逼我们当成作业来游览的东西？”

爸爸笑了，跟着我朝汽车走去。

第四十七章

投之以刻薄，收之以热情

我们真的逛了纽约。曼尼把我们载回城里，我们走到了岛的最南端，那里是观看自由女神像的好位置。爸爸跟我解释说自由女神像本来不是绿色的，它是铜造的，它真正的颜色是便士硬币的深棕色，绿色只是氧化反应造成的。

我叫他别说教了，破坏气氛。

然后我们买了面包圈，里面放了大概整整两盒奶油芝士，我们走路穿过布鲁克林大桥，算是消耗卡路里。我的每一次转头都像是电影的开场，即便摄像机没开，我依然感觉自己像个大明星。

我们来来回回地走，在这期间，我的脑海里全是第二天的节目。

当我们回酒店换衣服准备见乔治的时候，我突然意识到，明天就是我们在这里的最后一天了。星期日早上，我就会回到卡姆登。

回到现实。

但首先我要干票大的。

这样也许回到家时，我会面对一个全新的现实——完全陌生，充满魔力。

只有时间知道。

我闻到了贵宾的气息！

乔治·莱西穿着干净挺括的白衬衫，脖子处的纽扣没扣，在一扇门前张开双臂，门的上面有一个霓虹灯牌，写着“呸呸小站”——餐厅起这样的名字着实恶心了些。就在乔治身后的右侧，站着一个大块头男人，他双手放在背后，从门口的台阶上观察着街道。

“嗨。”他热情地跟我们握手时，我说道。

乔治开玩笑地推了推爸爸。

“你一路都在照顾这位超级巨星吗？”

“呃，当然。”爸爸指着没什么特色的黑色入口，“我们……？”

“哦！对，跟我来！”乔治睁大眼睛，大块头男人推开了门。

“谢谢你，马利克。”乔治说，马利克用一只差不多有三个树桩粗的胳膊护送我们进了餐厅。

里面看上去更不像是餐厅了：我们前方是一条细长昏暗的走廊，地板黏糊糊的，像是覆盖着一层正在风干的清漆；通道尾端的光来自一个小小的玻璃亭，亭子后面坐着一个正在玩手机的年轻女人。我们经过的时候，乔治给她指了指我们。

“我的客人。”他眉开眼笑。

“好的。”女士说。

“谢谢你，莉齐。”乔治说。我开始怀疑他是不是认识每个纽约人，对所有人都能直呼其名。

我们进入了黑暗的楼梯间往下走，空间窄到我怀疑马利克是否有理由冒险下去，如果有，他又是怎么走下去的？声音越来越喧闹了；走完最后一个阶梯，转过角落，我们突然沐浴在灯光与喧闹之中。光线是昏暗的红色，是从大概二十张小圆桌上带灯罩的灯泡里发出的；噪声来自围坐在每张桌子边上的吵闹的顾客。这里的氛围绝对一点儿也不像餐厅。

但就在爸爸就此发表评论之前，一个瘦削的男人径直走向乔治。

“莱西！你怎么样呀？”

“嘿，弗雷迪！”

“给你准备好了桌子。”瘦子弗雷迪说，然后他看到了我，做了一个夸张的恍然大悟的动作。他转头问乔治：“这就是那个人，嗯？”

“是的，”乔治高兴地说，“可以吗，如果他……？”

“瞧你说的，乔治·莱西的朋友就是我的朋友。”他碰了碰爸爸，像是认识他似的，“只要别提醒警察七点之后不准小孩进入就行，对吧？”

乔治和弗雷迪大笑起来，爸爸脸上的表情从些许诧异变成了担心。

“呃，乔治……这是什么地方？”我们穿过人群来到中间一张桌子的时候，爸爸问道。

“你喜欢肋排吗？这里的肋排巨好吃。”乔治给爸爸抽出一把椅子，然后朝厨房竖了竖大拇指，“亚历山德罗，做肋排的人对吧？堪称艺术家，肉界莫奈。”

我们坐了下来，弗雷迪在我们面前重重地放下三份菜单和三杯冰水。

“八点三十五分，”弗雷迪说，“到了朱尔斯会叫你们。”

乔治点点头。

“我欠你一个人情！”弗雷迪去另一张桌子的时候，他在身后叫道。乔治回过头来，看着一脸困惑的我们说：“弗雷迪人不错，经营这个地方十二年了。”

我看了看手表。八点十分。

“八点三十五分会发生什么？”我问道。

乔治笑了。像是得到了指示似的，我们的灯顿时全灭了。黑暗中，音响里传出一个轰鸣的声音。

“女士们，先生们，欢迎来到纽约市！今天是星期五，你们准备好呸呸了吗？”

所有人都开始欢呼起哄。

“请给今晚的主持人来一个呸呸小站式的欢迎。有请——朱尔斯·托里奥！”

掌声响彻房间，一束追光照亮了远处的角落，那里有一把高脚凳，一个连着有线麦克风的支架，一个男人小跑着进到光束里。他和爸爸的年纪差不多，一头黑色长发，穿着牛仔裤，敞开的格子衬衫里是一件旧 T 恤。

“呸友们，近来如何？”他喊出来的声音跟刚刚介绍他的声音听起来是一样的，“我是你们的主持人朱尔斯，今晚，我们有很多很棒的喜剧演员，你们感觉怎么样啊？”

观众们大声喊着他们肯定的答案。前排一个人看上去兴致不高，朱尔斯立刻转向他。

“怎么，我已经让你感到无聊了吗，维恩？天啊，我能先说个段子吗？”

“如果你觉得好笑的话就说。”维恩说道，观众们爆发出了一阵笑声。朱尔斯冲维恩竖起一个大拇指。

“每个星期，这个人都在！”他又把目标对准他，“嘿，维恩，要不是你老婆把你踢出家门，你不用经常来这里吧？”

观众们大声叫喊起来。我看着这一切，心情可能就跟你看到你卧室的窗外悬着一个飞碟一样。

我在一家夜店里。

等回去跟阿亚……

等回去跟“三默一体”说这个事吧。

我一定是大声地倒吸了一口气，因为爸爸的头迅速朝我靠拢，脸色通红。他透过紧咬的牙关低声说：“你不应该在这里。”又转过头对乔治说：“这是在干什么？”

乔治不屑一顾地冲他摆了摆手。

“嘘，嘘，嘘。先看，我们中场休息的时候再说。”

朱尔斯介绍了两段不同的表演。第一个表演的是一个秃顶的矮个儿男，他说了他在飞机上吃安眠药的故事，结果安眠药只是让他的两条腿睡着了。他表演了自己上厕所的场景，逗得我们都笑喷了。

除了爸爸。

第二个表演的是一个叫西尔弗的女人，她说的脏话比十年级男生在午餐期间骂的还多。

爸爸看够了，他从座位上跳起来。

“好了，够了。走吧，小卡。”

他闹出的动静打扰到了西尔弗，她话说到一半就停了下来，遮住打在眼睛上的追光。

“哎！胡萝卜头！”她喊道。现场的每个人——不是夸张，真的是每个人——都转头面对斯图尔特·泰勒。即使是在黑暗中，我也能看到他苍白的脸变得通红。

“你要走了？”

“是的，确实要走。”爸爸说着，转过去面对她，他的发梢碰到了低矮的地下室天花板。

“酷，酷……哎，在你走之前，能把天花板打扫一下吗？已经结蜘蛛网了……”

周围传来一片笑声，人们看到了爸爸的头跟天花板很近，他竟然有这么高，句号（full stop）。或者用美国人的话来说，是句点（period）。

“嘿，如果你不介意多待会儿，”她补充道，“我朋友就有福了。他们迟到了，我们正好拿你当碰头的地标。”

观众笑翻了，爸爸又瘫倒在椅子上，不想再成为攻击点。乔治拍了拍他的胳膊，摇摇头像是在说：“别担心。”爸爸的脸颊已经从鲜红变成深红，身体愤怒地起伏着。

西尔弗用所有脏话之母结尾，朱尔斯回到麦克风前宣布暂歇片刻。

爸爸把椅子推开。

“好了，小卡。我们走。”

“哇哦，哇哦，哇哦，”乔治说，“至少尝尝这肋排啊。”

话音刚落，弗雷迪端着巨大的肋排和一大碗薯条走了过来，看上去很壮观。我恳求地看着爸爸，他叹了口气。不论你处于何种情绪之中，都难抵一顿免费餐食的诱惑。更何况他脸上的表情表明，他还有一些问题亟待解决。

“嗯！哦，这太棒了。”乔治说着，撕开了一块肋排。我跟着他狼吞虎咽那柔软多汁的盖着烧烤酱的美味。

“乔治，这个地方不适合孩子。”

“即使是那些比普通成年人还聪明的孩子吗？”乔治冲我眨了眨眼。我报以微笑，酱汁从我的下巴上流了下来。

爸爸放低了声音：“我只是……这真的有必要吗？我是说，如果是为了研究需要，我真的认为——”

“你知道有多少人看《米西秀》吧，斯图尔特？”这是乔治第一次叫爸爸的真名，“一千四百五十万，这还仅仅是美国。油管片段和全球的数据涨速有多快呢，我现在给你一个数据，它就已经翻倍了。不论是哪个明星上我们的节目，《这帮疯狂的孩子》板块都是大家的最爱。人们想看到明星的诞生，如果那样意味着需要往里加点儿刺激的东西的话，我们就来实现。”

“但是如果小卡不想加呢？”

乔治看着我笑了。

“他已经加了，对吧？”他大笑出来，“你跟我说说，世界上哪个小孩不想彻底击败他的地理老师？”

“但这让他被开除了！”

“哇哦，真够惨的呢！”乔治说，“埃尔伯特·爱因斯坦被好几个学校开除过，你知道吗？说唱歌手史努比狗狗也是。”

“但或许他不想成为会说唱的天体物理学家！”

“你问过他吗？”

“你说什么？”

“随便说说。你真的问过他，他自己想过什么样的生活吗？”

我开始感觉脸颊发烫。太多事情同时发生了。我从来没见过爸爸像这样提高嗓音说话，更别说发表如此强硬的意见了。不仅如此，乔治像是住在我大脑里似的。他说得没错，但是两个成年人一同替我说话，令我感到超级不舒服，就像再次置身于弗伦奇老师的办公室。

“我可以自己说的。”我突然开口，两个男人的眼睛都瞄向我。

“女士们，先生们，有请你们的主持人朱朱朱朱朱朱朱尔斯·托里奥再次上台！”

“是的，你可以，”乔治笑着说，和其他观众一起鼓掌，“是的。你，可以。”

“好了，乔治，听着，”爸爸开始说，“我懂你想创造一些值得纪念的东西，那是你的工作，但是……”

“欢迎回来，呸友们！”再度亮起的麦克风里传出的朱尔斯的话淹没了爸爸的声音，“现在听着，我们为你们准备了十分特别的东西。稍后我将请出丹尼·贾姆，但在那之前，我们有一位新艺人，有请……”

我放下一块油腻的肋排，抹了抹脸，期待下一个节目。

“一——路从英国伦敦来的……”

啊，酷——是英国人！

“卡迈克尔·泰勒！”

什么……？

我张大了嘴巴，乔治开始跟着观众一起高呼。

“相信我，”他说道，“别让他们好受。”

“等一下！”爸爸低声怒吼道。

“卡迈克尔·泰勒！”朱尔斯又说了一遍。我的心脏开始剧烈地撞击我的胸腔。

“爸爸，让我试试。”我收紧下巴，握紧双拳。

“但是——”

我推开椅子，站了起来。爸爸伸手要抓住我的胳膊，但被我甩开了。乔治拿出手机，跟着我的动作拍摄。我穿过人群的时候，人们纷纷转过头来，我可以清楚地听见他们的吸气声。我感觉肾上腺素在体内飙升，感觉这时如果我抬起手，它就会像闪电一般射穿屋子。

当我抵达舞台，我听到了更多震惊的低语，当我伸手往上够远远高过我头顶的麦克风时，我听到了清晰的笑声。就像在演播室一样，刺眼的追光意味着我什么也看不到，而此刻这正是我需要的。

“是的，就十四岁而言，我的个子是有点儿矮了，”我说，“感觉像回到了我在学校演《白雪公主和七个小矮人》的瞬间。”

一些轻轻的笑声。

“猜猜我演的是谁？”

不止一个人喊“糊涂蛋矮人”。

“不是，是邪恶的皇后。”

吃惊的轻笑。

“因为没人会相信姜黄色头发的人[1]，对吧？”

全场爆笑。哇哦。这可不是学校的才艺之夜——这些人来这里就是为了笑的，而我就是来传播笑的。我感觉到了屁股口袋里的笔记本。

感觉今晚不需要你了。

“一个孩子说成这样很可以了！”维恩叫道。突然间，我不害怕了。

“说实话吧，上半场企图离场的那个胡萝卜头就是我真正的爸爸。我没骗你们。我知道，我们真是天生一对。现在你们可以去报警说在同一天晚上看到了大脚怪和地精[2]。”

[1] 姜黄色头发在英美文化中常常是被人鄙视和排斥的。——译者注
[2] 此处主人公在调侃爸爸和自己的身高。——译者注

我用空着的那只手揉了揉自己的头发。

“弟弟，你是从《大青蛙布偶秀》[1]里出来的吧！”前排的一个年轻人叫道。

你犯大错了。

“考虑到你看起来像个整天把手插在屁兜里到处走的人，这真是个漂亮的讽刺。”

屋里再次沸腾。我享受其中，直到感觉不到自己的脚。我感觉自己像飘浮在空中，却又像是用无法穿透的花岗岩建造的。我对自己将要说的话深信不疑。

我无敌了。

“你们美国人真的好笑，”我继续说，“你们总是对我们英国人的发音感到惊讶。我告诉你们一个秘密，你们知道我们是怎么发音的吗？正确且得体。”

他们很喜欢。我这是在当面侮辱他们，但他们甘之如饴。我忘了我的小本本上都记了什么，直接即兴发挥。

“正确且得体！你们有时间也可以试试。英国人也不是都很聪明。我是说，你们想知道为什么我是小丑吗？我爸爸就像个行走的马戏团景点，我妈妈比我还矮——说真的，你们

[1] 这里指的是在著名电视节目《大青蛙布偶秀》里，有个布偶和主人公卡迈克尔一样，长着一头姜黄色的头发。因为这类布偶都是手偶，所以卡迈克尔后来用手插裤子后兜来讽刺这个吐槽他长相的人。

想象一下被格格巫和蓝妹妹[1]抚养长大的样子……我舅舅是玩乐队的，就是那种你在街角能看见的可悲的一人乐队，他的膝盖上甚至绑着一个铜钹。还有，我在学校有个朋友，你们知道吗？她蠢到曾经试图用太阳和塑料保鲜膜生火，她还用巧克力做了一个马克杯，因为她觉得这能让可可茶口味更浓厚。其实这给我增加了自信——有个这样的朋友会让你觉得自己像个天才！然后就是我的哥哥……哦，天啊，我哥——他是个奥林匹克级别的笨蛋。他认为橡子（acorn）叫橡子，是因为它是玉米（corn）的种子。他认为《星球大战》改编自真实的故事，而亚伯拉罕·林肯是虚构的人物。所以我算是小巫见大巫了，对吧？你们要么笑，要么哭。”

我看到一个人一边拍刚才那个“布偶”的背，一边抹因朋友被小孩吐槽而笑出的泪水。

“或者跟这个人一样，又哭又笑。”

朱尔斯出现在我边上，点头微笑，拍了拍自己的手表。

“我的时间到了，”我说着，掌声开始响起，“我想说谢谢你们，但你们可能也应该谢我，对吧？某种程度上我让你们的生活更美好了，所以……不用谢！”

热烈的掌声，伴随着欢呼，朱尔斯接替我上了台。

---

[1] 格格巫和蓝妹妹都是《蓝精灵》系列中的角色，主人公这里在用这两个角色来指自己的父母。

“不得了啊，你们之前见过这种场面吗？掌声送给这个孩子，卡迈克尔·泰勒！我想拥有他的天赋！”

当我回到我们那桌，我感觉到有人轻拍我的背，有人在喊“精彩”“干掉了他们”“炸场了，孩子”。个子矮的我，此刻感觉自己有三米高。说到三米高的人，乔治对面的椅子上少了个人。乔治张大嘴笑着，慢慢鼓着掌。

“我就知道，我们得到了一个冠军。”他摇晃着手机，“米西看到这个会吐的，是好的那种吐。”

“不错吧？”

“不错？是真的不错！”乔治两只手都放在我的肩膀上，“听着，小伙子。你，你有能力干大事。我就告诉你吧，孩子，一切都取决于你自己。世界是属于你的。”

我笑了：“我讨厌牡蛎[1]。”

乔治笑了出来。

“这个人！从来不叫人失望啊？你看，我明白你爸爸有点儿……传统，但你得追随你的直觉，哥们儿。这是你的超能力，不是他的。”

我环顾四周。

“他去哪儿了？”

---

[1] 前一句“世界是属于你的”英文为“The world is your oyster”，“oyster”在英文中的意思是“牡蛎”。

“谁？”

“我爸爸。”

“呃，我想……他去卫生间了。”

我转身要去卫生间找，但乔治阻止了我。

“孩子。”

“嗯？”

“这个行当，你不能让别人来替你作决定，你懂吗？你是明星，你来决定。对吧？”

“对。”对。太对了！“你能把视频发给我吗？”

“当然了，孩子——这热身可真棒啊，是吧？”

“这热身可真棒。”我笑着说，然后朝男厕走去。

第四十八章

悲伤、疯狂、糟糕和爸爸

爸爸不在卫生间。几个年轻人正在洗手，讨论今晚的事情。我转身准备离开，一个人认出了我。

“天啊，克拉克——快看！”

“哇哦。”那个叫克拉克的人边说，边在水池上方甩着手，然后用牛仔裤擦了擦。“哥们儿，你真好笑！”

“谢谢。我，呃——我得走了。”

“我们能拍张照吗，兄弟？杰伊，快拿你手机拍。”

“当然。”

两个人各站我一边，浪漫的背景是两个小便池和一个马桶座圈掀开的马桶。杰伊做着鬼脸，充满敬意地叹着气。

“这个，那什么，是你第一次表演吗？”

“呃，算是吧。”

“哇哦，所以我可以说，我看了‘干掉所有人的狠小孩’的首演？赞爆了。”

杰伊拿开手机，克拉克跟我击了掌。

“别担心，手是干净的！嘿，你叫什么来着？”

“小卡，卡迈克尔·泰勒。”

“酷。保持幽默，小伙子。”

他们推开了弹簧门。

“狠。”杰伊又晃着头说了一遍，门在他们的身后转了回来。

我站在水池前，盯着脏兮兮的镜子里的自己。

这个长着雀斑、梳着爆炸头的小孩真的做到了吗？

我真的做到了。乔治说得对，我有能力，我不需要别人告诉我说什么做什么。在美国，我正在变得伟大，原因只有一个：我自己。我做到的。

我摇了摇自己，回到现实，想起来我是来男厕找谁的。

回到夜店里，朱尔斯正在说一个故事，所有人都在看着他。屋里很黑，但我确定爸爸不在。在黑暗中，我看见乔治伸着脑袋往我这边看。我指了指外面，然后走向楼梯，一次跨过两个台阶。

在大门口，温暖的夜晚空气扑面而来，一切又都变得陌生而奇特。庞大的马利克转过如山般的身体，低头看着我，然后用下巴指了指街对面，斯图尔特·泰勒正坐在一家街角商店外的矮墙上，看上去不只是有点儿悲惨，他像是个等待爸爸来接的小孩子。

我穿过马路的时候，他抬起了头，挫败的神情并没有任何改变。

“你怎么走了？”我问。

“你为什么留下？”

“你没看到发生了什么吗？”

“嗯，我看到了。”他从墙上跳下来，“你没遵守承诺。”他开始朝最近的地铁站走，我一路小跑，让自己可以跟上他那无尽的大长腿。

“等一下，你想让我做什么？你是想告诉我那不是一个特殊的情形是吗？我可不想上去讨论五分钟的茶！你看到观众有多闹腾了吗？”

我们抵达地铁站的时候，爸爸停下了。

“所以，也许你应该侮辱他们，而不是侮辱关心你但又没法儿在场替自己辩护的人。”

他慢跑下台阶。

我踏着重重的脚步跟着他。

“什么？我是在即兴表演啊，爸爸。这叫喜剧！”

“随便吧，你觉得行就行。”他镇静地说，但这让我变得更加愤怒。

“每个人都觉得行！”我扭曲着脸，感觉体温在上升，“不过你又知道什么呢？有才华的是我。这是我的超能力。世界是属于我的！”

“听起来是乔治·莱西会说的话。”

“你当然对他不满，对吧？”

“这是什么意思？”

“别装了，爸爸。他跟你一般大，但他又酷又有钱——”

“哦，别来这套。你应该听听他在夜店里跟我说了什么，他不是一个——”

“他成功，而且他相信我，不像你。”

“你真的这么想吗？”

“不是这么想，是我知道。”

“你认为他把你的兴趣放在心上，你对他是最重要的？”

“我不知道，爸爸。为什么，你就是这么看我的吗？”

“当然！”

“是吗？”

“是！”

“真的。”我淡淡地说。

“真的。”

“好吧。”

“好吧？”

“好吧！”

我们俩都固执地陷入了沉默，然后爸爸的态度缓和了。

“好吧，小卡。”

“什么？”

爸爸叹了口气，依然镇定。“好吧。”他说，但听起来好像什么都不好。

我们进入了地铁车厢，在短短的五站中，有四站是沉默的。我们并排坐着，互相不看对方，我相当愤怒。我在对面车窗上看到了他的影子，他又小声地叹了口气，摇了摇头。

然后我就爆发了。

“你讨厌我找到了我真正擅长的东西！”

“什么？”他讥讽道。

“或者是妈妈，反正不管妈妈干什么，你都会同意，因为你从来没有自己的意见！”

几个乘客抬起头，我感到脸变红了。爸爸放低了声音，依然是令人厌烦的冷静。

“好吧。”

“别说‘好吧’了！那到底是什么意思啊？你什么都没说！你从来就是什么都不说！”

“我们到站了。”

我苦涩地笑了。

“很好。”

我们在沉默中怒气冲冲地走上了地面，但外面的喧嚣让我没那么不自在了。

“兰舅会觉得有趣。”

“你这么觉得吗？你认为他会喜欢吗？亚历克丝也是？”

“至少他们明白，一个人站在喜剧俱乐部的舞台上，可能只是在开玩笑！”

我们抵达了酒店前门的旋转门。爸爸转向我：“只要能让你感觉好点儿就行，小卡。”

啊啊啊啊啊啊啊！

爸爸走向电梯，但我没有跟在他后面，而是直奔前台的座位区，那里有热饮和公共电脑。

爸爸到达电梯间后转过头来：“你去哪儿？”

“来杯热巧克力，”我头也不回地说道，“很快就上去。”我体内的肾上腺素依然在发酵，现在还混杂了真正的愤怒，成了一杯爆炸性的“去你的吧”鸡尾酒。

为什么他就不能替我高兴呢？

兰舅肯定会为我欢呼雀跃。

亚历克丝会笑到流泪。

我会展示给他看，我想。

我会展示给他们所有人看。

在一台电脑上，我登录了自己的邮箱账号，看到收件箱里最上面的未读邮件后，笑了。邮件是二十分钟前发过来的。

发件人：georgelacey@themissyshow.com

嘿，伙计。我的天，今晚太棒了！没机会说再见。这是我说过会发给你的视频。把这股劲儿保持到明天吧，牛仔！

G

我知道我没想到。我炸场了。我是说，我把整个屋子都摧毁了。

我看着安静的高雅的前台。哦，天啊，要是我有耳机，现在我就能看一遍我的光辉荣耀了。我输入兰舅的邮箱地址，打出“猜猜这是谁！”然后点击转发。我看了看手表，英格兰时间比这里早五个小时。他现在可能正在熟睡，但是明天早上他起来会看到这段特殊的视频。

我接了杯热巧克力，然后跳进电梯里。四面都是玻璃，照出了无数个我，我又回到了我自己的电影里。妈妈和爸爸不懂没关系。我现在是一股自然的力量。

你要么跟我一起，要么被我碾过去。

我打开房间的门，爸爸正躺在床上看书。他没打招呼，我也没有。我把饮料放在床头柜上，开始翻阅笔记本上有趣的小观察，但我心里想的是，我在很大程度上不再需要这些了。我不需要笔记，或者我父母以及他们的赞同，或任何人的赞同。

我的直觉把我一路带到纽约市。我的直觉搞定了那场表演。没有必要想太多。我是说，这是直觉（instinct），不是思觉（thinkstinct）——对吧，伙计们?

伙计们?

第四十九章

无所谓

好斗、易滋事、脾气暴躁，这几个词听起来都像是菜谱里的，可能是因为“好斗”里有个“豆”，“易滋事”听起来“滋”味十足，而“脾气暴躁”听起来则像是“皮鸡爆炒”[1]。但其实它们都是用来形容我星期六早上醒来时的心理状态的：

做好了战斗准备，如果需要，愿意主动出击。

我躺在床上，盯着天花板。

昨晚表明，我一开始就不应该答应妈妈的要求。我应该从一开始就相信我自己。

然后我意识到我旁边的床上没有发出呼噜声。

“爸？”

我起床查看了卫生间。空的。我看见电视前有一张酒店的纸——是一张字条。

跑步去了，十点回。爸爸。

[1] 英文原文的三个词是 bellicose，pugnacious 和 truculent，由于全部是英文的梗，直接翻译成中文会失去趣味，所以用中文做了意译处理。——译者注

我看了看手表，早上 9:23。我快速算了下，此时英格兰的时间是星期六下午 2:23——完美。我有足够的时间下楼去查看邮件，看看兰舅是怎么想的。

我穿上一件 T 恤和短裤，然后——等下……那不是……?

我在爸爸的床上坐了下来，从他的床头柜上拿开了那本书。

没错了。

是爸爸的手机。现在我压根儿不需要等待邮件反馈了!

我探出头看了看走廊，确保爸爸没有提前回来，然后飞奔回到我床上，给兰舅打电话。

“斯图尔特?”

“嘿，不是，我是小卡! 我拿爸爸的手机打的。”

“卡姆? 你怎么样啊?”

听到舅舅的声音让我感觉良好。

“哦，太棒了。你看到我发给你的视频了吗?”

“看了，看了。已经跟你妈妈说过这事了。”

“你给她看了?”

“不是，是你爸跟她说了。她今天早上给我打电话了，她可不高兴啊。”

“她只是不懂而已。”

“我想更多是因为你们俩有过约定。你知道吧，没有侮辱内容……”

“但是如果她懂，她就会知道我永远也不可能那样承诺。你看到俱乐部是什么样的了，对吧？”

“嗯，我确实能懂，卡姆，我懂你说我的那些。”

趣事。笑话。

我是说，哪有什么好笑的事情是这样开头的：“有一个非常可爱、非常棒的人，他只做可爱和棒的事情，他每一天都又棒又可爱，永远永远。”什么人会说这样的故事啊？我来告诉你什么人：是那种从来不尝试吃其他口味薯片的人，因为他一生只爱淡盐口味的薯片，甚至不是正常盐的。淡盐。

“那只是——”

“你不用解释，先听我说一下。每个人都是从自己的经历中获取灵感的。没人是凭空突然想出东西来的，所以你只说你所知所想的东西，这再自然不过。”

“没错！”

“但这是需要责任的，卡姆。不是每个人都有平台说自己的故事。我可以唱一首跟你有关的歌，但你妈妈呢？你爸爸呢？想想马尔基曾经说你的那些恶毒的话，然后想象一下他说给全世界听。世界不会知道你，但他是站在舞台上的人，所以全世界都会拿他的话当真，对吧？”

“我不会在意的！”

“真的吗？”

“像我这样的人知道什么是有趣，知道什么是笑话，什么不是！”

“像你这样的人。”

“对。”

“所以像……亚历克丝这样的人呢？”

轮到我沉默了。

我感到皮肤之下有刺痛感。我让这些陌生人笑出泪水，但没有一个我认识的人会说：“干得漂亮。”刺痛感爬上了我的脖子，进入我的脸颊。

“我跟爸爸说你会懂。”我轻轻地说，却感觉无法呼吸。

“我确实懂，卡姆，我也喜欢你爱我的方式，我从来没想改变这种方式。但有很多人会在你身上投入比我更多的时间。”

“这是什么意思？”

“你觉得亚历克丝不跟你说话，她很开心吗？”

“我不知道。也许她不在乎我在做什么。”

“我不信。她可是你在纽约的原因。”

我嗤之以鼻：“她只是把视频上传到油管。不难吧？”

“不，她——”

“呃。我的天，搞得好像我认识的人都不想让我成功一样，不想让我做任何好事！”

“卡姆，等一下，唉，你没在听。”

现在该我下最后通牒了。

“我得为节目准备了，兰舅，我得撤了。”

“卡姆！”

“如果你想看，就在晚上八点，但是随你便吧。”

我挂了电话，盯着手机。

嫉妒。

他们全都嫉妒我。

兰舅想在电视上而不是什么垃圾的艺术中心唱歌表演。

至于亚历克丝……

也许亚历克丝认为自己应该被邀请到纽约，因为视频是她拍摄的。对不起，按下手机上的录制键不代表你就是电影导演哦。

纯粹是嫉妒。

还有马尔基，他真可怜，他希望来美国的是他。谁不想像我现在这样呢？

这就是为什么他们都反对我。

我的胸膛起伏着，像是刚刚完成了短跑冲刺；我的眼睛在房间里四处扫视。我突然不知道该怎么处理自己的身体了。我把爸爸的手机丢到床上，捡起我的小本本，随便翻着页，但什么都看不进去。我翻得越来越快，越来越重，甚至撕碎了几张纸——一开始是意外，后来是故意。在一片模糊中，我开始疯狂地撕扯，直到我坐在床边，脚下全是五彩纸屑般的碎纸。

开门声把我吓了一跳。我想都没想就迅速穿上鞋，爸爸走进来，脸颊通红，浑身是汗。

“我出去走走。”我说着，与他擦身而过。

“等下——曼尼过一个小时会来接我们。”爸爸在我身后说道。我已经走到了走廊，我甚至没有回头。

“那我们就一个小时后见。”

第五十章

神秘的国际人

我爬上了通向高线公园的阶梯。路上人来人往，我重重地坐在一张椅子上，看着游客、幸福的家庭和恋人从我身旁经过，他们欢笑着，亲吻着，拍着照。我想上台把他们全都吐槽一遍。

他们不知道我是谁，我想。这些人一点儿也不知道我能做什么，我有什么能力。

“不好意思。”一个带着德国口音的女士说。我抬起头，她睁着大眼睛，面容友好，举着手机：“你能帮我们拍张照吗？”

我叹了口气，点点头。那个女人加入到一个和她年纪相仿的男人和三个孩子中间，他们靠在我对面的栏杆上，黄色出租车和灰色建筑在他们身后构成了经典的纽约风景。

“茄子[1]！”那个爸爸说。

呃。他们看起来真的高兴，我都想把手机摔下去了。那个女人感恩地咧嘴笑着：“非常感谢！你真好！”

“呀，我们还以为你们应该很粗鲁呢！”那个爸爸开玩笑道，

[1] 此处原文为德语。

他以为我是纽约人。

我挤出一个假笑。

天啊。

他们不知道我是谁。

我闲逛着，疑惑着，思索着，等回过神来，我才发现自己已经到了城市边缘，正从 62 号码头上眺望着哈德逊河。我身后那诡异的旋转木马正在缓缓地转动着。

一对年轻的情侣在附近停下了，他们欢笑着，卿卿我我，分享着满满一纸杯吉事果[1]。女生给男生喂了一根吉事果，他却把它当成雪茄一样挂在嘴边。她笑着往后退，示意男生摆好姿势，她掏出手机准备拍照。一只海鸥不知道从哪里冒出来，从她另一只手中的纸杯里衔了一根吉事果，这让女生尖叫起来，而男生则被那根含糖的肉桂棒噎到了。

“你拍下那个了吗！”我听见男生在喊。他们大笑着亲吻起来，试图自拍，但女生把整个纸杯都弄掉了，引起了地上一次小小的鸽子骚动。这是那种他们未来很多年后都会想起的浪漫时刻之一。

这跟看见一个男人在给栅栏上漆带给我的感动差不多。

我厌恶地转过头，看见一个男人在给坐在旋转木马上的女

[1] 一种西班牙美食，类似于油条。

儿拍视频，每次他女儿转到他这边时，他都会向她招手。他通过手机上的小屏幕观看了这整个神奇的时刻，记录下一段他不曾亲自体验、未来也很可能再也不会回看的回忆。或者更糟的是，他可能会把视频发到家人和朋友的群里，让那些可怜的蠢蛋不得不点开收看。

是的，我决定离开码头回酒店。人都是高大的、空洞的、愚蠢的、需要帮助的大笨蛋。

摧毁他们是我的职责。

第五十一章

暴风雨来临前的卡姆

“还以为你会临阵退缩呢，兄弟[1]！”

曼尼靠在他那辆停在我们酒店前的大车上，嚼着一根牙签。我大摇大摆地走过去，摇着头。

“谁，我吗？我来自卡姆登镇，老哥，我们天不怕地不怕！”

车的后窗玻璃降了下来，爸爸伸出头：“你去哪儿了？我们十分钟前就该走了。”

“我现在来了。”我说着，绕到车的另一边。

曼尼开车的时候放着音乐，但爸爸和我在一片难受的沉默中至少坐了五分钟，然后爸爸转过来对我说：“小卡，听着，我——”

我举起手：“节目结束了再聊可以吗？”

“那可能就是完全不同的谈话了。”

“无所谓，我需要集中精力。”

爸爸摇了摇头，我们重回沉默。

[1] 此句是西班牙语。

演播室外面，少许米西的粉丝已经在片场边上那个知名的窗外聚集了，穿着高能见度反光背心，后背上印着《米西秀》标志的安保人员正耐心地驱赶着他们。

“表演时刻！”我们下车走进正午的阳光时，曼尼唱道。爸爸看向我，但我转向一个年轻的保安。

“我准备好了。”我说。他点点头，然后在对讲机里传达我的到来。

“回见！”曼尼在我身后说，“干掉他们，杀手！”

我大步路过二十来个粉丝。他们来得很早，带着打包好的午餐和保温杯，还有自制的标语，在某种程度上，这既说明他们花费了很多精力，但同时又活得很粗糙。我同情他们对生活中的其他部分严重缺乏激情。他们看着像是去动物园游玩的书呆子，在争抢着看大猩猩的好位置。

不知道的还以为他们等着看金刚呢，我想。

“呃哦！掩护！”

乔治·莱西见我走进来，像是要被枪击一样蹲下说道。

“顶级神枪手在屋子里！安保人员呢？我们这儿有一个在逃的专业狙击手！”

他被自己的笑话逗乐了，走过来迎接我们，我也笑了。

“怎么样啊，伙计？嘿！”乔治转向我的父亲，“昨晚的鸡皮疙瘩还在呢！是吧，小卡爸爸？”

“差不多吧。”爸爸说。

乔治推了推他，像是在分享某个内部梗。

“所以！把你的东西放下，我们快速过一下灯光和镜头，化妆，吃点儿东西，然后直播，宝贝！你感觉怎么样？”

我意识到这其实是我无法回答的问题，于是说：“很好。”

“漂亮！”乔治说，“现在，小卡爸爸，我在想——节目是直播的，相当激烈，而且观众席座位紧张，如果你在演播室内看节目的话，就得站在侧边，但我知道那样不是很舒服。电线、摄影机都在你边上。我们有一个漂亮的绿屋，你可以坐在舒服的沙发上看整场节目，还有食物和饮料，想要什么跟这边的凯蒂说就行。”

我们身后传来一个声音：“所以他穿越大半个地球，就是为了在屏幕上看他儿子表演？”

我们四个人都转过身。

站在我身后的是米西本人。她只比我高一点儿，淡绿色的眼睛温暖地闪烁着，一头标志性的喷了浓密发胶的粉色短发。她穿着极其艳丽的彩色衬衫，为了防止蹭到化妆品，脖子上暂时围着一张纸，看起来有点儿像熨平了的莎士比亚轮状皱领，加上她身材娇小，让我想起了宫廷弄臣。

尽管装扮浮夸，却不做作。她看着很舒服，也让我感到很舒服。

她抬头看着瘦高的我爸："泰勒先生，对吧？"

"呃，叫我斯图尔特就行。"爸爸有点儿不太确定地说。

"你想在哪里看节目？"

"哦，呃，我……显然能当面看是最好的，但是——"

米西举起手示意他不用再说。她转向乔治："那我们就给斯图尔特弄个座位，可以吗？"

乔治点点头笑了，双唇微微收紧。

"凯蒂，给小卡爸爸留一个后排的座位。"他低声对助手说，然后开始在手机上疯狂地发信息。

米西把注意力放在我身上。

"你现在不需要自我介绍了。卡迈克尔，对吧？"

"叫我小卡就行。"

"乔治给我看了视频。我应该担心被你吐槽吗，小卡？"她笑了，假装被吓到。

"不用。"我轻轻一笑。

"但其他人都应该担心，嗯？"

"呃……"

"啊，我只是在给你松绑呢。你上去好好享受吧，这是最重要的。人们看到你享受自己，就会更喜欢你的表演。我得到过的最佳建议？——做你爱做的事，他们也会爱你。"

“我就是这么跟他说的。”乔治笑容满面地说。

“我想他肯定也告诉你了，我不喜欢提前跟嘉宾讨论太多。要保持当天对话的新鲜感，你懂吧。”

“他确实说了。”爸爸说。乔治抬了一下头，然后又埋头弄手机。

米西开玩笑地推了推我：“那行，等会儿见了，我的朋友。”

她快步走去一个写着“化妆室”的房间，我发现我看着她的身影笑了。

乔治仍然在发信息，凯蒂指着大厅尽头的一个房间，我透过敞开的门，看到了里面有一大碗新鲜水果和一些镜子。

“那就是绿屋，你们可以把东西放那里，今天它就给你们用了。有什么事情喊我就行。”

“看着是白色的。”爸爸说。

“你说什么？”

“为什么叫它绿屋？”

尴尬之王回归了！

“呃，我替你问问。”凯蒂笑着说，然后引领我们离开前台，好像她真的会去找这个名字的来历。

（作为一个文字迷，我已经研究过了，我可以告诉你，她永远也不会知道——**因为没有人知道**。这只是英语语言的无数个特异性之一，在它产生的背后有一百零一种理论，最无聊的解释是中世纪的布莱克弗赖尔斯剧院的一个房间恰好是绿色的，稍有意思一点儿的解释是东伦敦方言中把舞台叫作“青梅[1]”，这是一个同韵俚语[2]，我喜欢它的读音。）

凯蒂替我们关上不是绿色的绿屋的门之后，爸爸又继续刚才没说完的话：“所以……你想好今天要做什么了吗？”

我夸张地叹了口气：“是的，爸爸。我想我会上台，说一些笑话，然后离开。”

“你知道我说的是什么。”

“你知道我不在乎。”

“小卡……”

“不，爸爸，这是我自己的嘴，我自己的大脑，我自己的机会。”

爸爸只是看着我。

“怎么了？”

“我觉得你应该跟你妈妈说两句。”

“我不会那么做。”

“就问个好。”他拿出手机。

---

[1] 英文原文为 Greengage。

[2] 同韵俚语（rhyming slang）是利用押韵而形成的俚语，其特点是，常常用完全不相关而仅仅是押韵的词来代替某个意思，前面的 greengage 就与 stage（舞台）押韵。类似的还有 apples and pears（苹果和梨）表示楼梯（stairs），dog and bone（狗和骨头）表示电话（phone）等。

“不，爸爸。”

“来吧……这里。”他划到妈妈的名字，选择了视频通话。

“爸爸！”

“五分钟。”

“我说了不！”

呕。为什么我生活中的每个成年人都感觉自己有权对我指手画脚呢？更糟的是，还要告诉我应该有什么样的感受。我是十三岁的男孩，不是三个月大的小狗。我不想当跟屁虫！

所以我没听他的话，转过身跑向了外面。

“你已经表演完了吗，小兄弟？”

曼尼靠着自己的车在手机上玩游戏。

我摇摇头：“只是……出来透透气。”

曼尼用下巴指了指演播室，眼睛仍然盯着游戏。

“里面很闷吗？”

“是的，可以这么说。”

他会意地点点头。

“你跟你爸爸的事，是吧？”曼尼的手机里传来一声滑稽的爆炸声和几声悲伤的音乐，“哦，别这样！我差点儿就干掉那头邪恶的驴了！”

“那是龙。”

他又看回屏幕:“不是啊,thassa 的意思是驴子,驴。”

“驴有翅膀吗?”

曼尼摘下眼镜,眯着眼睛看屏幕。他耸耸肩,把手机放在一边。我看着越来越多的粉丝围到窗边,然后又看向正在入场的队伍。

“你知道吗?我的爸爸,直接离家出走了。”曼尼换了换姿势,“是的,我当时就四五岁。他就直接走了,我不知道他去哪儿了,但我妈妈至今还说‘垃圾还是走了好’,你知道吧?所以也许这样最好。她总是在我身边,我兄弟也是,哪怕是他那讨人厌的孩子也是。一直让我不爽的,就是我没法儿亲自问我爸爸他为什么要走。我没法儿告诉他我很生气,甚至没法儿对他说‘滚蛋’,你懂我的感受吗?他从来没给过我机会。所以我很生气,你知道吧?好像没人在乎我的感受,没人像我一样失去过,没人懂我,对吧?”

我缓缓地点点头,不知道为什么他要跟我说这些。他笑了,像是听到了我是怎么想的。

“与其把注意力放在我没有的东西上,我选择专注于我有的。这是我不再生气的原因。”

我听到有人在大门口叫我的名字,是那个拿对讲机的人。

“小卡?准备彩排了。”

“抓住机会吧!”曼尼开心地唱道。

“放心吧。”我说。

“只管享受你要做的事情吧，小伙子。”

第五十二章

倒计时

“午饭时间到，伙计们！”

演播室的灯光全部亮了起来，每个人都奔向不同的方向。最后一次彩排结束了，现在我知道该往哪儿站、在哪儿坐着、在哪儿等待和表演了。一个助手坐在一位我从没听说过的著名演员的位子上——我想他们可能是太有名了，没法儿彩排。一位叫大韦斯的乡村歌手正在跟自己的乐队检查音响设备。一个《米西秀》节目组的成员给我提供了几件不同的衬衫，我说我还是穿我在才艺之夜上穿的那件我最爱的帽衫。

最重要的是，整个流程中，我都避开了爸爸。我只能这样。因为每次他那长满雀斑的脸在后排被照亮时，看起来都悲伤得可怜。这真的让我开始恼火了。在平时，那就是一张恼人的脸，但是今天呢？我真的不需要它。

离正式表演还有九十分钟。

我回到绿屋时，爸爸已经在那儿了，他正和凯蒂在菜单上挑选食物。

“小卡？”凯蒂递给我一份菜单，“你想点什么？”

“我不吃，不饿。”

我不是故意要刁难，或者情绪不好。我的意思是，我确实感觉很难受，心情也不好，但我真的不饿。我感觉胃很不舒服，大脑在飞速运转。就像在才艺之夜，但没那么激动。凯蒂去点餐了，我发现自己没法儿坐下，只能尴尬地在原地挪动，直到爸爸叫了我的名字。

“小卡，听着……”

“爸爸，我现在真的需要集中精力。我需要练习——我得做好准备。”

爸爸举起双手。

“好的，好的。嘿，就当我不在。”他用一根手指和拇指在嘴边划出一道拉链，然后拿起自己的书，转过了身。

“但是你可以真的不待在这里吗？”

他抬起头看着我，感觉像是在说：“你是认真的吗？”

“求你了。”

“好吧。”他耸耸肩，“我去餐厅吃。”

他站起来，把我丢在沙发上的帽衫捡起来，小心翼翼地把它挂在房间后面的衣架上。

“别让衣服皱了。”

他从我旁边走过，然后在门口停了下来。

“节目结束后再见。”我说。

“嗯。”他说完就走了出去。

我依然没法儿坐下来。

我像电子游戏里的角色一样来回踱步——你无法操控他走出地牢，你只能让他一直在不可逾越的平台和锁着的门上撞来撞去，而他就像在跑步机上踱步，前额蹭着各种墙壁。我的思绪完全被击碎了。我在大脑中回顾着有趣的台词，然后立刻就忘记，或者弄不明白它们之间有什么关系。我的大脑已经变成一个放在网兜里的半凝固的果冻。

我是怎么回事？昨晚我在毫无准备的情况下，在一群气势汹汹的成年人面前跳上舞台，文字像决堤的河水一样喷涌而出。现在我有时间准备了，周围一片安静，甚至还有米西本人的鼓励，我却连自己的名字都快不会说了。

我一直不停地查看手表。

你有没有过这样的经历：挣扎着难以入睡，一直看时间，对时间不断在流逝，离你不得不起床去上学的时间越来越近而感到非常生气？当你起床后，当你克服了这一切，你才发现，你曾对时间流逝感到愤怒是多么可笑。

尽管如此，我还是感到愤怒，时间比正常时候流逝得更快，把我推向表演时间，就像蒙上我的眼睛把我推向悬崖。而且更糟糕的是，我撕掉了写了东西的旧笔记本，我帽衫口袋里的新笔记本上什么都没有。我突然感到无话可说。

还剩十五分钟。

十五分钟。天啊！该死的时间都去哪儿了？

一阵敲门声响起。

凯蒂探头进来："还有十五分钟，小卡。"

"是吗？很好。"我回答。好像我实在太聪明、太轻松，都不需要注意时间。

又响起了敲门声。

"请进。"

门开了一条缝，乔治满意的声音夸张地传进来。

"我要进来啦，没带武器，不要开枪哦！"

他举起双臂，装作投降的样子钻了进来，被自己的话逗笑了，然后把一只手放在我的肩膀上。

"是时候了，冠军。凯蒂和我会在幕布拉开的时候叫你。前三部分我们会在台下看，等最后一个广告播出的时候，我们会叫你就位，就像我们彩排时一样。明白了吗？"

"嗯。"我咕哝道。

"你怎么了，紧张吗？卡姆登镇杀手？你现在是在逗我吗？"

"没有，我……我没事。我准备好了。"

“听着。外面的观众？他们就是一群小白兔和小猫。昨晚你可是亲手埋了一群狼。你可以的，就像米西说的，上台做你自己就行。”

“做我自己。”

“是的，”乔治说，他正大步退出房间，“残忍点儿。”

他说得对，我想。我想多了。只管摧毁他们就好。

“嘿，乔治？”

“嗯？”

“这是你选择我的视频的原因吗？油管上那么多视频，我真的那么突出吗？”

乔治的额头微微皱起。

“好吧，算是吧。我是说，显然我们没有那么多时间把油管上的视频都看了，对吧？哈，那样也太疯狂了，所以申请表的作用就体现出来了，你知道吧？”

“申请表？”

“当然。在网站上，每个星期都有人给我们发视频片段，我们只挑里面最好的。就像我在你哥们儿把视频发过来的时候说的，这确实是最好的。”

等一下，什么？

“嘿，让他们瞧瞧你的本事，孩子。”

他转身准备离开。现在轮到我皱紧额头了。

“我的哥们儿？”

“嗯？哦，对——好像是叫亚历克丝？他给我们留了你的联系方式，哇！然后你就在这里了。去创造魔法吧！”

我的耳朵在轰鸣，脚趾在弯曲。

我感觉一阵冰冷，跟你把妈妈最喜欢的花瓶从壁炉台上弄掉下来，在它掉到地上碎成无法修复的无数碎片之前的心境是一样的。

“别忘了谢谢他。你知道吗，演艺圈有句话叫记住你往上爬时遇到的那些人，因为你会在走下坡路的时候再次遇到他们。”

他大笑起来，然后拉开门：“说得好像你会走下坡路一样，是吧？”

“没错。”

“好了，咱们搞起来！”

十分钟后，我听见乔治在走廊上喊。凯蒂走进绿屋时，我刚试着吃个葡萄，但吃不下。

“可以了吗？”

“嗯。”我从衣架上取下帽衫穿上，拉上拉链，跟在她身后。

是亚历克丝提交了视频。

她支持我的方式是让我去纽约。兰舅说得对！她是我在这里的原因。他想告诉我来着，但我没听。

在我的脑海里，日子像电影镜头一样快速回放，我试图暂停在我们最后一次见面时我对她说的话上。

笨蛋。

我说她是比我想象的还要笨的笨蛋。

我跟在凯蒂后面，双脚毫无知觉，遏制着想扇自己耳光的冲动。多么讽刺！

我是说，你会怎么形容我呢？在纽约大摇大摆地走着，以为米西的一帮小弟在油管上整天搜寻，只是为了找到卡·泰勒——整个互联网最伟大的东西？蠢货才会这么干。我几乎笑了出来。

大厅里人来人往。乔治在和一个单肩包里都是化妆设备的女士说话，他看到了我。

“表演时刻到了，牛仔，让我们干掉这些人吧！”

我跟着他、凯蒂和女化妆师走过大厅，穿过双拉门，进入一个黑暗世界。在演播室内，观众们在座位上动来动去，人群中回荡着阵阵低语。我们站在一个阴暗的凹室里，他们看不见我们，但我们完全能看到米西的椅子、沙发、带讲台的舞台和那扇著名的窗户，此刻，外面兴奋的年轻人的气息已经让窗户变得模糊，他们都拼命想一瞥里面的真容。

我感到眩晕，就像刚从梦里醒来。

一个男人走了过来，在我面前伸出手。我无力地握了握手。

“嘿，”他说，“我叫里克。我能给你戴上麦克风吗？”

“嗯？”

“一个麦克风，这样人们能听到你。”

“哦，对。当然。”

“你会穿这件帽衫上台是吧？”

“对。”

“那好。”他递给我一个上面带着绒毛和夹子的小麦克风，向我展示怎么把它夹在拉链上面，然后把线从帽衫里面伸到塞在我牛仔裤屁股口袋里的一个小盒子上。

“说几句话吧？”

“抱歉，你说什么？”

“呃，说几个字，测试一下。”

我不敢相信地摇着头，眼神径直从他旁边穿过。

“抱歉，抱歉，抱歉。”

“好……吧……呃。很好。我先把开关关了，等到最后一个广告时间再开。你可以了。”

我可以了吗？

我口干舌燥，我冷热交替。我看不到自己，但我突然确信，我看起来很可笑。

“要开始了。”乔治说，然后伸出一只手想跟我握手。握手的时候，我意识到我的手黏糊糊的，皱起了眉头。“祝你好运。”他说，然后跑到被照亮的观众面前。

“好了，各位，欢迎来到中城演播室，你们准备好享受了吗？”

一个头秃得光亮的小个子男人沿着第一排观众跑来跑去，疯狂地打着手势，鼓着掌，眼睛睁得大大的，鼓舞着观众。他看着有些多余，这帮人看上去不需要鼓励也会很疯狂。他们高喊着，欢呼着，我扫视后排，想找到爸爸。这就像在玩简单版的《威利在哪里》[1]，你要在一群身高中等、激动异常的美国人中找到一个笨拙的、像根竹竿的苏格兰人。我看到他在周围爆发的情感中不安地四处张望。**这是一件值得在舞台上说说的趣事吗？此时此刻，还有什么是有趣的呢？**我不确定。我似乎已经对任何事都不确定了。我突然有种冲动，想把我生命快进几个小时，直接坐上相对安全的回家的飞机。

音响里传出一个声音：“摄影机开启！”

三个摄影师就位，坐在了轨道车的凳子上，第四个摄影师则扛着摄影机跑来跑去，镜头来回腾挪，拍着不同的观众。

“灯光就位！”

在欢呼声中，观众头顶的灯光变暗，紫色和粉色的滤光浸

---

[1] 一套由英国插画家马丁·汉德福特创作的儿童视觉大发现类的书籍，其目标就是在一张人山人海的图片中找出一个特定的人物——威利。

润着舞台。乔治转身向外面街上的观众做着夸张的动作："外面的各位怎么样呀？"他们立刻像疯了似的。当你听不到他们的声音时，这看起来十分诡异。一个带着滚轮的屏幕被推到我的边上，突然间，我看到了所有的摄像角度，家里的人、全世界的人都能看到的角度。在窗外的粉丝中甚至还有第五个摄影机。震耳欲聋的声音再度响起。

"音乐准备……倒计时十秒。"

"享受节目吧，各位！"乔治朝狂喜的观众——和爸爸——摆手，然后回到了我站着的地方。

"五、四、三……"

《米西秀》的主题音乐开始轰鸣，小个子秃头男又来了一圈预热，像一个没穿演出服装的足球吉祥物一样疯狂煽动着观众的情绪。一个全新的、华丽的声音如雨点般从上方传来。

"来自纽约市的直播，度过周末的好方式……有请——米西！"

音乐声和欢呼声又提高了些许分贝，米西·格林出场了，像是《彼得·潘》里的小叮当，绝对为此刻而生。她朝观众挥手，与前两排观众握手、击掌，好像他们是老朋友一样。这就是她的主场。她飞奔到窗户边，向街上的粉丝隔空飞吻，粉丝们开心得像要爆炸了似的。

"大家都好吗？"她终于走上舞台，然后问道，另一波欢呼又开始了。

“这么阳光明媚的——纽约，怎么样，嗯？”又是欢呼。天啊，这帮人还有什么是不会欢呼的？也许我只要走上去说声大家好，然后走掉就行了。“今天是那种要冲三次澡的天，对吧？但不只是因为汗水。我敢打包票，当纽约市变热的时候，尘垢的水平也一并上升。我早上离开家的时候穿的是一身白，一上班就变成一身灰了。”刺耳的大笑声。只是一个有意思的小观察而已，不是辛辣的讽刺大师的杰作。

对米西的欢迎还在继续，我的神经像一艘航天飞机，在地面点火起飞，吞噬了我的全身——而我乐意如此。只要能阻止我思考……一切。

我用尽全力想享受节目，但无法集中注意力。第一次广告时间之后，米西的第一个嘉宾在狂热的掌声中上台了。我立刻认出他是漫威电影《蚁人》中扮演蚁人的演员，叫保罗·路德，我之前不知道他的真名叫什么。如果现在是在别的地方，这会是我生命中最刺激的时刻；但我现在控制不住地在想他什么时候结束，我什么时候开始。

我没有资格在这里。

第二次广告时间的时候，节目暂停，乔治朝我走来，当他走近时，浑身充满着一种坚定，他从我的眼睛里读取着什么。

“嘿，严肃脸。不用担心别人，永远不要。你可以的，知道吗？”

我点了点头，他立刻切换回微笑模式，连蹦带跳地往舞台走去。随着时间的推移，我对时间的自然流逝完全失去了信任。时间变成了十年级的恶霸，在学校走廊里不停地推搡着我，把我推向某种可怕的社会性死亡，比如一头撞上衣物柜，或者把我的裤子挂在大衣钩子上，然后当着所有人的面扯破它。

时间一点儿也不在乎我的社会地位。

广告时间结束后，大韦斯得到了同样狂热的回应，节目里的每个人、每件事似乎都很顺利，而我依然不知道这对我来说是礼物，还是诅咒。当大韦斯那条看着有一百零五岁的狗蹒跚地走上台，脖子上挂着一根红香蕉，跟着最后的合唱一起嚎叫时，我真的可以感觉到，因为一百个观众的放纵大笑，地板产生了震动。

“这是大韦斯，女士们，先生们！好了，我们再稍事休息，马上回来，接下来是……”米西停顿了一下，那个吉祥物似的矮个子男人举起双臂，向观众提问。观众齐声喊道：“《这帮疯狂的孩子》！”

“不要走开。”米西对着最近的摄影机说道，音乐和灯光又都重新开启。

我的关键时刻如雪崩般向我袭来。

而我则是那个冻僵的徒步旅行者，站在山脚下，仰望着自己不可回避的命运。

第五十三章

世界，你在吗？是我，卡迈克尔

“三分钟，你就位。五分钟，开始直播，明白吗？”

我冲乔治点点头。

“你还好吗？”

我又点点头，依然说不出话来。里克在给我的麦克风小盒子换电池；乔治说着鼓励我的话；女化妆师出现了，开始用我感受过的最柔软的刷子刷我的脸。三个成年人在我身边忙来忙去，当刷子划过我的脸颊，我闭上了眼。

“嘿！”我听见乔治说，“你能听见吗，孩子？他们无法击败你，是你击败他们！那帮观众？都是小人物。你就是强者，懂吗？他们的想法现在不重要，你来告诉他们该想什么，明白吗？他们不认识你，不像我一样了解你。你就像我一样，是一个赢家。赢家都是无情的。”

我想一直闭着眼睛，永远处在黑暗中，刷子轻轻地刷着我的脸。乔治的声音渐渐远去，里克和女化妆师的声音也渐渐远去。我站在幸福的寂静之中，只集中注意力于眼皮的背后。我定住了时间！哈！接招吧，时间——你这个大恶霸。

突然间，我感觉胃部一阵震动。

这是个什么东西？是因为紧张吗？

又是一阵震动。

我睁开眼睛。三个成年人已经走了，只剩下我一个。有一束明亮的光穿透我的帽衫。

又是一阵震动。

我的左边口袋有一部手机。我慢慢地把它抽了出来。

是爸爸的手机。

演播室的音响又响了。

"还有四分钟！"

震动是因为"乔斯琳"打来了视频通话。

是妈妈。现在？真的吗？

我站起来，呆呆地看着屏幕。他们都在家里看着呢，所以肯定知道下一个是我。好吧。我只需要说，嗨，好好看节目吧，再见。

我滑开屏幕接了通话。一切都改变了。

因为出现的不是妈妈的脸。

是马尔基。

"我都准备挂了，兄弟！"

“马尔基，你是在……你知道我在哪里吧？”

“当然！大家都在客厅看着呢。”

乔治的声音在舞台上轰鸣：“三分半后广告结束！”

“我这会儿有点儿忙，马尔基。你想干什么？”

“我，呃——妈妈和爸爸叫我打的电话，你知道的。祝你好运。”

我看向乔治站着的地方——他看到我的脸被屏幕照亮时，眼睛都瞪大了。他拍了拍手表，盯着我。我感觉心脏跳得有点儿快。他不明白我正坐在过山车上吗？

“哦，所以是他们祝我好运，不是你？”

“你为什么总是这样？”

“呃。马尔基，我没时间跟你——”

“跟我什么？说话？我想你已经说了，兄弟。”

“不，我没有！”

“就听我说一秒钟！”

“马尔——”

“不，你听着！你总是觉得我在取悦妈妈和爸爸，听他们的话，表现完美。”

扬声器又响了。

“还有三分钟，各位！”

我朝乔治竖了大拇指。我想挂断马尔基的电话，但他的话让我无法释怀。

“你就是！”

“也许我是，但你扪心自问过为什么吗？”

我耸耸肩，夸张地叹了口气：“你已经是他们偏爱的了，所以我不知道你还在在意什么。好好看节目吧，我挂了。”

“等一下！听听你自己的话，然后看看你周围。你被开除了，但依然能去纽约，老兄。你就是我们的话题中心。我们现在正在看着你。上一次你看我赛跑是什么时候？我等你说说。”

我简单想了想我有什么要说，但没有。乔治开始朝我气势汹汹地走来。我举起一根手指，他走过来，满脸疑问，沮丧地伸出双臂。

扬声器又一次轰鸣。

“两分钟后开始！”

“马尔基，说真的，我需要——”

“不，你需要听我说。你想知道为什么我其实并不完美，却试图在他们面前表现完美吗？因为你啊。从你出生那天起，我就一直在争取他们的注意力。但你因为能说会道，吸引了他们全部的注意力。呃哦，小卡干了这个，小卡干了那个。没有谁被偏爱，老兄，但是谁占用了他们最多的时间？谁让他们担心？都是你啊，老兄……”

“别来这套！他们关注的是你，马尔科姆王子！”

乔治和凯蒂围了过来。

“别说了，孩子。节目要开始了。”

“稍等。”

“现在。”乔治双手放在腰上。

“听着，我知道我有时候跟你作对……”

“只是有时候啊？！”

“有时候，我知道，我是跟你作对。但是，小卡，我跟你之间的不同就是，你甚至不知道你什么时候在跟人作对。”

扬声器再度发话。

“六十秒，各位！摄影机开启！”

乔治焦急地瞪了我一眼。

我低头看回屏幕，一言不发。

“马尔基，我……”

“你得挂了，我知道。我只是想说——”

乔治从我手中夺过手机，交给凯蒂。他狠狠地瞪了我一下，然后我们三个快速走到舞台边缘的指定位置。里克又出现了，他打开了我的麦克风。我看向明亮的灯光。

吉祥物式的矮个子男人像个保龄球一样在最前排翻滚过去，观众变得疯狂起来。这个人业余时间都干什么啊？我想。他是怎么申请到这份工作的，面试是什么样的？

“倒计时十、九、八……”

“集中注意力，小卡。好吗？”

“……四、三……”

音乐轰鸣，带色的追光打在米西身上，她的化妆助手正在快速地弄她的头发，然后退回到阴影中。凯蒂把一只手放在我肩膀上，静静地稳住我。音乐停了，米西冲着观众微笑，甜美而轻松。

“欢迎回来！我向你们承诺过，每个星期我都会找一个比上个星期更疯狂的小孩，对吧？我们的工作人员又在全球搜寻了，这次可是给你们找到好东西了！你们上学的时候，想过告诉别人你们到底是怎么想的吗？我的意思是，真实的内心想法。我打赌你们肯定想过，但我也敢打赌，你们肯定没像这个小伙子一样干过。来看看这个视频。”

演播室的灯光暗了下来，亚历克丝拍摄的才艺之夜视频投在了沙发背后的大屏幕上。这个奇怪的英国男生，穿着跟我一样的帽衫，吐槽周围的每个人，各处的观众们都在喘着气，笑出了声。

我抬头看着乔治。他似乎有点儿狂躁。

“打电话的事情，抱歉，乔治。”我低声说。

“什么？”

“抱歉。”

他转向我。整个旅程中第一次，乔治·莱西脸上的那种光亮消失了。他的嘴唇弯曲成一个龇牙咧嘴的弧度，像是一条感知到入侵者的狗。他咬着牙关低声说：“我们控制时间是有原因的，孩子。你能有什么事情比你现在要做的事情更重要？”

“我只是有点儿紧张，”我假装发出一声轻松的笑，“想从我哥哥那里得到一些宽慰——”

“宽慰？我可以宽慰你，好吗？天知道为什么你从你爸爸那里得不到。你从家里带来的包袱太重了。我跟你说，你是赢家，孩子。帮你自己一个忙吧……”

视频结束了，米西跟一帮被惊到的观众互动：“我可是警告过你们哦！这帮疯狂的孩子，是吧？！”

乔治向我靠得更近。

“别把你的时间浪费在废柴身上。”

“女士们，先生们，有请这位一路从英国伦敦过来的毒舌男孩——迈克尔·泰勒！”

音乐声和欢呼声穿透我的耳膜，凯蒂拍了拍我的肩膀，一位舞台监督护送我出场。

我看着乔治，他又恢复了微笑版的自己，跟着观众一起开心地鼓掌。

灯海和热浪向我袭来。一切都跟站在旁边看起来、感觉起来不一样。我站在纽约市、美国和全世界的中心舞台上。

米西指着沙发，我们俩都坐了下来，观众冷静下来。

"还穿着那件帽衫呢？"

台下响起一片大笑声。我低头看了看。

"是的，算是我最爱的一件衣服。"

"那你告诉我，是什么让你想成为喜剧演员？"

我从来没听过别人称呼我是喜剧演员。

"呃，没有。我是说，我没有计划要当喜剧演员。我只是非常生气，然后……嗯，就发生了。"

"一个喜剧版绿巨人。"米西转向观众说，"他生气的时候你可不会喜欢他哦。"

更多的大笑。我憋出一声轻笑。

"是的。"健谈一点儿，小卡。台下，乔治正朝我比着手势，急切地鼓励我多说一点儿。

"那跟我说说当天晚上吧！你吐槽了一拨人！我跟你说，我感同身受！我觉得每个人都在某些时候想要像你那样火力全开——我反正是想！"她转向摄影机，"妈妈，如果你在看的话！"

观众们赞同地笑了。

"但你的老师们是什么反应呢？"

"呃，说实话，不是很好。"

观众席中传出一阵大笑。

"但是老天保佑，结局皆大欢喜，对吧？你来到了纽约，得到了千载难逢的机会……本来可能会非常糟糕，是不是？”

“是的……”

又听到一个简略的回答，乔治摇了摇头，脸上写满了失望。

“说真的，你可能会被开除！你想想！”

“想想……”我又憋出一声轻笑，然后在椅子上动着，希望世界不要发现我的不安。

“我猜你周围有很多理解你的人吧，嗯？让你出来，做你擅长的事情。非常棒。”

“我想是吧。”

“像你我这样的谐星，需要的正是这个，对吧？一点点爱，一点点鼓励。”我的胃抽动了。她又转向摄影机：“谢谢你，妈妈。好了，卡尔，我听说你在这里进行了一些表演……”

“就一场。”

乔治翻了个白眼。

“你想展示一下你的才能吗？”观众开始了他们的标志性欢呼，米西也回以热情：“你们想看他一展风采吗？”

欢呼变得狂热，相应地，吉祥物似的矮个子男人像鹈鹕一样扇动着胳膊。里克走过来，关掉了我的小麦克风。

“去那个麦克风前吧，我的朋友！本环节是……？”

观众吼叫着回应：“《这帮疯狂的孩子》！”

一阵摇滚乐如雨点般落下，舞台监督赶忙把我送上讲台。

我又偷偷看了一眼乔治·莱西。他跟着观众，例行公事般地一起鼓掌，用一种我从没见过的漠不关心看着我，像是已经在思考下个星期的疯狂小孩了。

气氛达到高潮时，米西喊道："《米西秀》直播，这是卡——迈克尔·泰——勒！"

追光打在麦克风的支架上，我等着观众安静下来。米西给我竖了一个大拇指。

我深吸一口气，演播室里安静了下来。

我站在麦克风后面，握紧又松开双手……

当我张开嘴，觉得如果能把一切变成慢动作会酷一点儿。

乔治双手叉腰，看着地面。

"嗨。"我说，又是一阵欢呼声，这次小了一点儿。

"嘿，你们这些人是什么都会欢呼吗？就像今天火车进入你回家路上的站台？高呼！！"我喊道，"又或者咖啡店员工给你端来了饮料？高呼高呼！哦，我的天，耶！"

一阵礼貌的笑声，不是很有趣的笑话。

我尴尬地停了下来。演播室回到了那种可怕的安静。我又看向乔治，看到他叹气，对着凯蒂低语，后者点点头。

我感觉到有些观众在座位上坐立不安。寂静震耳欲聋。我绝望地想记起一些台词，片段，笔记本里的任何东西。

"我……"

我的嘴唇再度紧闭。

哦，不。

不不不不不不不。

不！

我冻住了！

我身上的每个部位都是僵硬的，无法移动，除了我的心脏，它像是要跳进我的嗓子眼儿，准备从我嘴里滚出来。

有数百万人在看着我，我想到了妈妈和马尔基正在恐惧中坐着，透过屏幕感受我的痛苦。

我想到了我的老师，他们是不是在想，这可能是比放学留校、停课或开除更诗意的惩罚。

然后我想到了亚历克丝。

亚历克丝带着……带着什么在看呢？满足？她曾经的朋友，遭到了报应。

我抬头看向我想象中爸爸坐着的位置，希望他能拯救我。他可能希望地上裂开个缝，把他吞进去，让他远离这场梦魇，就像其他观众一样。

我无路可退了。吉祥物似的矮个子男人紧张地冲前排的一些观众耸肩。米西好奇地看着我。乔治现在正恐慌地跟凯蒂交流着。

但我不会读唇语。

即使我写到这里，也不是百分百确定，但那个时候，在我看来，乔治像是说了“废柴”。

废柴。

就在我上台前他说了这个词，现在他又说了。

也许他又在讨论我的家人，但是看起来更像是在讨论我。

废柴。

我不知道我在麦克风前站了多久。我已经不知道我在干什么。我只知道那个时刻我只相信一件事，就是我的感觉。我回顾了一下我的前两场表演，我所做的就是直抒胸臆。在这样的情形下，我才感觉对。

那你是什么感觉，卡迈克尔？

告诉他们你真正的感受。

诉说你自己。

（第三人称警告。）

（抱歉。）

我是什么感觉？

米西已经告诉我了。

我是个喜剧版绿巨人。

我重重地吸了一口气，像是要在没有氧气瓶的情况下潜入六米深的水下。

“没有欢呼声了？”我冲观众抛出问题，突然被打破的沉默令人震惊，像是赏了人一巴掌。

“行吧。我也不是反对欢呼。我喜欢它所表达出的含义，积极，外向。我想，有些英国人觉得你们傲慢，但是傲慢是不同的。相信我，我知道。”

我重重地咽了一口唾沫，希望把我的心脏推回胸腔。然后我直直地看向乔治，他的脸上浮现出了担忧的困惑。

“我知道这种人。雪白的衬衫，雪白的鞋，雪白的牙齿，晒出的永久性橘褐色皮肤，在头发上花的时间比跟孩子在一起的时间还多。跟你握手，但是会越过你的肩膀看你身后有没有更重要的人物……他们傲慢地认为自己可以为所欲为，不用承担后果。对吧？但是有一件事他们应付不来，那就是被人说出关于他们自己的事实——一些令人不爽的事实。比如一个浑蛋变得成功了，不代表你突然间就不是浑蛋了，对吧？在电视行业工作，不代表你就比我爸爸更聪明，因为你的肤色太橘了，你笑起来就像一个南瓜灯。当然，并不针对某个人。”

是的，我走到这步了。

而我也第一次觉得，不用在乎别人的回应。我看着我的脚，冲自己笑了。

至少我享受其中，我想。

然后奇怪的事情发生了。

当我重新抬起头，一切都变了。我周围的灯光似乎有一种温暖的橘色，我像是沐浴在盛夏阳光的余晖之中。我前面的观众呈现出五彩斑斓的色彩，我几乎可以看清每一张脸。

他们每一个人的脸都因为疯狂的笑而皱了起来。但不知什么原因，我听不见那笑声。

但我能看见。每个人，除了我爸爸。每个人都前仰后合，相互拍着背，被不同的色彩照亮。一切都像是慢动作。我觉得自己睁大了眼睛。

魔法发生了，而我就是魔法师。

我的视线从动作古怪、色彩奇妙的人群身上移开，我冲着乔治微笑。他的下巴正离他那雪白鞋子上一尘不染的鞋带越来越近。

这就对了，乔治小伙子。

我炸场了。

我偷偷看了一眼米西，她的脸上浮现了带着淘气的好奇心，然后我又重新面对多彩的、沐浴在北极光中的观众，冲他们微笑。

我从支架夹子上拿下麦克风，尽量往身体语言中注入信心。这并不简单——事实上，这显然是我干过的最艰难的事情，但现在我带着任务。我想我失去了乔治，也看不见爸爸，但其他人都在。

我要说出我的作品了。

“嘿，”我轻松地说道，“咱们来说说笨蛋吧——我们都认识几个，对吧？世界上有很多种笨蛋，不同形态，不同大小的。比如说我。你没听错，我要大声说出来。**我、是、笨、蛋。**我现在意识到了。我是说，只有特别笨的人才会站在这里，剖析自己吧。”

又是一阵欢笑席卷全场，他们喧闹的笑声依然奇怪地被我的耳朵屏蔽了。我短暂地停顿了一下，与我的大脑达成共识，认为这是当表演者进入状态，诉说自己的真相时，会升华到的某种灵魂时刻，一种超脱俗世的体验。

“当笨蛋的秘诀之一就是不倾听，这是关键，尤其是不听理智的人说话。听他们的话会让你的笨蛋水平下降，大概下降50％，轻轻松松。你得注意这点。但是也不要听更蠢的笨蛋讲的话。有一件事我不会再坚持，那就是听一个更蠢的、打扮更靓的笨蛋告诉我怎么处理自己的愚蠢，即使他有一辆不错的车，一副完美的牙。”

观众们欣喜若狂，张开大嘴，在狂笑的间隙喘着气。

我又偷看了莱西一眼。你阻挡不了我了，乔治。

“不，我会独自当好一个笨蛋。你们知道，身处笨蛋行业是很麻烦的。不能随随便便闯进来，然后当个浅尝辄止的笨蛋，不行。如果你想像我一样，你就得成为一个大笨蛋。想象一下，你是一个笨蛋厨师，往锅里放一点儿傲慢，一勺自负，一撮狂妄，然后么么——”我夸张地亲了亲手指，“你就得到了一大锅充满营养的笨蛋炖菜。我的妈妈、爸爸、哥哥、舅舅，都曾尝试警告我不要做这锅炖菜，但我没听他们的话。这就是家人，对吧？在那些如此关心你的人里，没有比他们更招你烦的了。”

那大嘴又重回无数个身体上，他们依旧在笑，一些人甚至在相互拥抱或者击掌，一些人在抹去泪水。我会意地冲他们点点头，享受着这一时刻。

“我牺牲了很多才来到这里，冒了很大风险，失去了很多。这就是笨蛋吧，我想。我们会失去一些东西。钥匙、钱包、手机、宠物……学校……最好的朋友……”

我不敢相信地摇着头，对这一时刻，对自己。

“失去你认识的最有趣的、最友好的、最聪明的人，得是那种特别的笨蛋才能做到，因为你太想成为笨蛋公司的主席了。”

我直直地盯着我对面的摄影机。

“我需要变得非常聪明，非常迅速，去想办法把你们赢回来，把一切赢回来。”

乔治再次出现在我的视线里，他在脖子上来回挥动一只手的手指，像是在说，快点儿结束。没有必要，我差不多结束了。我又转向观众。

“我以前总是更相信文字而不是人，喜欢找那些没人认识的大词。说起来，其中我最喜欢的一个是‘Hippopotomonstrosesquippedaliophobia’，它的意思是，害怕长单词。漂亮，对吧？这就是为什么我说我是那种特别的笨蛋。我从来不害怕大词，只害怕小词。比如‘对不起’。”

我把麦克风放回支架。

“还有……‘谢谢’。”

追光离开了我，演播室的灯光重新点亮。我又看了一眼这群美丽的、充满赞赏的人们，他们帮助我度过了人生中意义最深远的五分钟。

然后……

等一下……

他们没有在哭，没有在拥抱。

他们没有在大笑。

他们甚至没有在微笑。

天堂般的五彩斑斓消失了，骨感的现实出现：一百个陌生人，在沉默中坐着，双臂交叉，皱着眉头，在想自己刚刚到底经历了什么。

我只不过是度过了一个超凡的时刻。

我只是啰啰唆唆地在面向全国——不对，是面向全世界——的电视上，说了很多关于当笨蛋的话。难怪他们过去五分钟像一群开心的卡通人物呢！因为我只是看见了自己想看到的东西。

然后在那个恐怖的、折磨人的安静中，我终于看到、听到和感受到非常现实的反应。在后排的某个地方，从一个座位上，响起了热烈的、几近疯狂的鼓掌声。我眯着眼，看到斯图尔特·泰勒跳了起来，他鼓着掌，欢呼着，高喊着："耶！"就像一个归化的美国人。当其他人完全困惑地看着他时，我冲他笑了笑，点了点头。我猜这就像那句老话说的——"在盲人的土地里，独眼者便是王。"

在极度尴尬的土地上，一个苏格兰路灯杆就是王。

吉祥物似的矮个子男人看着我，像是我刚长出了尾巴什么似的，然后确认了一下自己是不是忘记了为什么要来这里，然后转身面向观众，鼓舞他们变得疯狂。当然，他们照做了。观众迟来的反应告诉我，这可能是因为古怪的表演终于结束了，而不是因为别的。

在欢呼声中，我看到爸爸对周围疯狂地摇着头。他再次与我的目光相遇，他扬起眉毛，像是在说："这些人啊！"

我笑了，也冲他耸耸肩，深吸一口气。随着所有的紧张都离开了我的身体，我呼了一口气。

第五十四章

小卡已死，小卡万岁

《米西秀》的主题音乐再次响起。凯蒂几乎是把我拽下舞台，拽离摄影机的。我想我是超时了几分钟。米西已经上台开始说话了，在总结这期节目。

“下个星期还有更多疯狂的小孩，一定要锁定我们，在嘉宾……”

我转身离开，像是刚刚拉完一泡憋了一整天的尿。

我感到轻松，脚上、腿上、头上……体内依然残留了一些肾上腺素，但跟昨晚不同。在呸呸小站，我说了必须要对他们说才能活下来的话；今天我是对自己和重要的人说了必须要说才能活下来的话。但我想最大的不同有两方面：今天我不知道自己是好还是不好，以及……我真的不在乎了。

我漫步穿过后台的走廊，朝着通向前台的双开门走去，忽然感觉一只手搭在了我的肩上。我转过身。

“小卡……那真是……伙计，那真是了不起啊！”

我抬起头，一直抬着，看着爸爸水汪汪的眼睛，我还没来得及说话，他一把就把我拉到他的腹部，抱紧了我。一开始我吓坏了，然后我闻到了那股味道，像是发胶和马麦酱。我很久没闻过这种味道了，这也是合理的，因为我已经不记得上次我们拥抱是什么时候了。可能听起来有点儿逊？但我想在这个拥抱里待得更久一些。但是——

“嘿！”

爸爸松开了我，我们转身看到乔治·莱西张开双臂朝我们跑过来，他的脸色现在是橘子更红的那一面。

“你有什么要对我说的吗，小卡？”

我看了看爸爸，然后镇静地看着乔治。

“没有了。”

“好吧，我很高兴你玩得开心，孩子，因为你已经完了。”

我礼貌地笑着。

“感谢你给的机会。”

爸爸一只手绕在我的肩膀上，我们转身离开，朝绿屋走去。

“你本可以走红的！”乔治叫喊道，“可以成为名人！”

爸爸准备推开双拉门。

“小卡？斯图尔特？”

我们两个又转过身来。

是米西。

“小卡，这……不是我们叫你来做的，但我想说……如果我知道你真的被开除了，我不会把这件事闹大。老实说，我们可能都不会让你上节目！对不起。”

“这不是你的错。”

“你说的家人和朋友的事情。天啊，让我想起了我妈妈和我姐姐！她们都把我逼疯了！你们应该庆幸不用过感恩节。不管怎么样，总归是一次享受，对吧？我希望你能重返校园，真的。”

“谢谢你。”爸爸说。

“答应我一件事。”米西说，看上去很严肃。

“好的……”

“要一直倾听，一直观察，一直写作！”

“这可是……三件事，”我说，“我是说，数学不是我的强项，但是……”

米西大笑。

“继续做你正在做的事情。”

“我会试试。”

“再见。”

在十五分钟内，爸爸和我处理了过去一整年才会有的电话和信息，然后收拾好东西走出演播室。

窗外的粉丝正被小心地引导出去，他们在演播室入口排成两列，像是机场的欢迎队列。门一打开，大家都屏住了呼吸，当看到一个长着雀斑的橡子和一根巨大的姜黄色芹菜推门而出的时候，大家都毫无兴趣地呼了一口气。

“走的贵宾通道呀，你们！”

当我们走向汽车的时候，曼尼挥动着双手穿过无形的人群，我们三个都大笑起来。

“你们的飞机是几点？”

“九点，”爸爸看了下手表，漫不经心地说，“我们还有几个小时可以挥霍。”

“那你们想去哪里？”

爸爸念着手机上的一个地址：“请带我们去百老汇大街 828 号和第十二街交叉口，曼尼。”

“遵命。”

我疑惑地抬头看着爸爸。他微笑着。

“这次你相信我。”

“这就是你们说的好玩的？”当我们在一个巨大的店面前停下的时候，曼尼不敢相信地摇摇头，店面前长长的凉棚上写着的字令我无限欣喜：

斯特兰德书店……爱书的地方……二手、稀有、新书……18 英里的书。

“18 英里的书？”曼尼难以置信，“我宁愿跟我的侄子们爬 18 英里的山。”

“谢谢你，曼尼！”我激动地说。

爸爸和我跳下车，等着红灯。

“能让你们两个英国人开心就好。”曼尼耸耸肩，“需要我等你们吗？”

爸爸摇摇头。

“你可以走了。你能在六点左右来酒店接我们吗？”

“当然。”

书店里面是个迷宫。五颜六色的书脊构成的通道一眼望不到头，至少还有两个小时可以消磨。可能这不是每个人都觉得有趣的地方，但如果说我那天学到了什么，那就是，尽管我绝对需要开始担心我给别人带去的感觉，但同时我也可以不再关心别人是怎么想我的。我是喜欢文字的书呆子，我引以为豪。

我必须要说，我的父母从来没有限制我买的东西就是书。爸爸和我买了两本图像小说、一本关于太空探索的非虚构精装书、两本侦探小说、一部大开本的纽约历史图集。爸爸边吹口哨，边翻我买的最后一本书。

“这里有一些不可思议的桥！”

我们笑了，把书装起来然后出了书店。爸爸从旁边的售货亭买了两个热狗。我们在联合广场上啃着热狗，看着一群少男少女在一片大的橡胶地上跳着杂耍般的街舞。

爸爸吞下最后一口热狗，擦了擦嘴，看着一个倒立旋转的男孩引来喝彩阵阵。

“很开心我来了，”他淡淡地说，“真的很开心。”

我和他盯着相同的方向。我想我们俩还没做好多愁善感的准备。

“我也是。”

我们没有坐地铁，而是走回了酒店，消磨掉在这座城市的最后时光。一切都那么新鲜、新奇和超脱俗世。我腿脚轻便，感觉可以走好几个小时，但我们时间不多了。

“动起来吧，兄弟！你们要错过回到中土世界的唯一机会了！”

曼尼帮我们从他那辆大车的后备箱里拿出行李，爸爸从外面拍了几张机场的照片。

“爸，你拍的那些照片非常无趣。”

“可能对你来说是。”

我摇摇头。

“遇到你很高兴，曼尼。”爸爸说。

“你知道每个人都这么说吧？我生活中最大的悲伤就是，我永远也没机会对自己说遇见你很高兴。”

我们都笑了，我走上前去准备握手。

“哇哦，哇哦，”曼尼说，“让我们来个三方握手怎么样？”

他示意我爸爸，然后我们尝试了一次毫无希望的三方握手。曼尼大笑。

“好吧，可能不太行——没法儿全拿下！干得不错，‘勇敢的心’。哎，你们保重啊。”

“再见，曼尼。”我停顿了一下，再一次看着这个滑稽的“人形葡萄柚”，想起了他在演出前对我说的话。“谢谢。”

他笑了。

“快离开这里吧。”

我们这么做了。

第五十五章

后记

给智者的话：如果你曾经也是这样一个笨蛋，需要同时向无数人道歉，那就试着把你自己弄上一个国际知名的节目，然后毕其功于一役。这样真的很节省时间，也不用那么尴尬，而且他们可以回看，让他们记起你是传奇。

回到家后的感觉不用多说，挺不错的。很难解释，但都写在了妈妈、兰舅和马尔基在机场到达厅接我们时的眼神和拥抱里了。第二天，当我们去肯博尔家商讨把我和亚历克丝送回学校的计划时，我们有很多时间可以交谈。

“嘿。”我试探性地对阿亚说，感觉这是我们时隔多年的第一次面对面，而不是只隔了几天时间。

“嘿。”她说。

“阿亚，我妈错了，我错了。你没有对我不好。你不是笨蛋。”

“都是事实。不过，如果我是笨蛋，我怎么会知道？”

“我就知道我是。”

“你肯定是那种聪明的笨蛋。”

我笑了。

“我想是吧。”

一阵尴尬的沉默。

“阿亚，我真的很——”

“我知道。”她打断我的话，放过了我。

她拿起了我的和解礼物，是一本我在纽约买的图像小说，我知道亚历克丝会喜欢（是关于一个高智商蜗牛非常缓慢地占领世界的故事）。

“谢谢你的礼物。”

我感激地点点头。

“不，谢谢你，”我说，“为我做的一切。”

亚历克丝用她那傻傻的美国电影旁白口音说道：“就在那个时刻我知道了。我们这个小镇的一切都将不同往日。”

“我收回那句话，你是笨蛋。”

这次我们俩都笑了，还击了拳。

在那之后，妈妈也道歉了，两家人开始行动。我给米勒老师发了邮件，问她能不能组织一次会议，还附了一封在妈妈的帮助下写的长信，由米勒老师转发给校长。信上我向她解释了学校和上学对我的意义（我主要说了我如何热爱英文，妈妈叫我在每段后面加上诸如“还有地理”“我对科学和数学也是这么感觉的”“跟如何尊敬所有老师是类似的”之类的话）。最后我还附了《米西秀》最新一集的链接。

“现在这才是我认识的小卡！”她兴致勃勃地回信，“哦，还有 Hippopotomonstrosesquippedaliophobia？？！！”后面还加了三个鼓掌的表情符号。

星期一下午，在校长克雷格夫人的办公室，她把电脑转过来面对我们，播放了我在《米西秀》上表演的最后几句话。弗伦奇老师站在她的椅子后面，双臂交叉。她暂停了视频，摘掉了老花镜，盯着我看了很久，我们无法参透她的表情。妈妈、爸爸、米勒老师、亚历克丝和肯博尔夫妇都在等待她打破紧张的氛围。

“我不会假装这不是一个特殊情形，卡迈克尔，”她开始说，“鉴于此，我相信特殊问题需要特殊解决。我已经跟弗伦奇老师长谈过，我们达成了一致。”

妈妈的眼睛睁大了。

“你会让他回到学校吗？”

克雷格夫人举起一根手指。

“有一个严格的条件。卡迈克尔需要在这个学年和下个学年提供社区服务。他得用额外的劳动弥补自己的过错。”

亚历克丝和我交换着诧异的眼神。

“由高中生领导的戏剧俱乐部由于没有人参加而解散了，

我们需要一些不同的东西来替代它。我建议，卡迈克尔，你和肯博尔同学制订一个计划，组织一个学生喜剧俱乐部来代替戏剧俱乐部，每个星期二放学后运营。算是某种‘入门尝试’吧。天下没有免费的午餐，泰勒同学，你必须自己把在韦恩布利奇中学的位置挣回来。”

妈妈兴致勃勃地点点头。

“他会的。”她赶忙说。

“呃——我不确定我知道怎么去运营一个——”

“这没有商量的余地，卡迈克尔。米勒老师跟我说，你很聪明，能找到法子。我也确信亚历山德拉会不遗余力地帮助你——对吧？”

“嗯？哦，绝对的，老师。”亚历克丝咧嘴笑了，“我们什么时候开始？”

“我建议立刻！”

“我们可以下个星期二开始吗？而不是明天。给我们一点儿时间准备，比如……推广一下？”

克雷格夫人看向弗伦奇老师，然后微微点头。

“到这个星期结束，我希望能看到你们的商业计划书和至少十五名参与者的签名。”

亚历克丝打了个响指：“我们会找到三十个！”

我瞪了亚历克丝一眼。三十个？天啊。好吧，本来情况可能更糟。至少我能把这个星期二的放学时间空出来。

我有一个不能错过的约会。

“加油，马尔基！”

这是第二天下午，在临近的福音橡树地区，我哥哥在200米赛跑中横扫七名对手，兰舅和我跳了起来，激动异常。身后传来一阵巨大的欢呼声，是今天不去医院上班的妈妈和（“在家里上班”的）爸爸，他两手各拿两个冰激凌，刚从附近的冰激凌车回来。

“谢了。”我说着，埋头吃了一大口。妈妈笑着帮我擦去鼻头残留的白色污迹。

“他就是一只小灵狗！”兰舅笑着说，我们跟着场边不多的其他观众一起鼓掌欢呼。

“他对付这场比赛就像小卡对付那只鸡。”爸爸说，连妈妈也跟着大笑。

“他确实了不起。”我说道。当马尔基双手叉腰、喘着粗气看向我们这边时，我竖起一只大拇指，说道：“要是有人告诉他我刚说的这句话，我会杀了他。”

我们看着其他运动员围着马尔基，拍着他的背。他就像我曾经认为我可能成为的明星，就是那天早上走回韦恩布利奇的时候。

但我要诚实地告诉你——其实不是那样。有些学生看到了我的表演，但有些没有。很多学生讨论这件事，有些人羡慕我去过纽约，有些人则对我竟然上过《米西秀》感到惊奇，但很少有人关注我说了什么。

那个视频在网上的播放量还可以，主要是因为发布在了《米西秀》的官方油管频道上，影射乔治·莱西的部分被删掉了。但跟前一期节目中一个女孩训练自己的猫完成障碍赛相比就差远了。

但我压根儿不在乎。事实上，几个星期过后，那个视频完全消失了。我猜是被乔治迅速撤下了。我确实不在乎。

我有了新计划。

从亚历克丝和我回归后的第一个星期开始，我们每天放学后都会碰面，为时长一小时的喜剧俱乐部的演出出谋划策。"三默一体"承诺会常驻，并保证其他人也会（梅迈特还自告奋勇地充当"安保"）。我会带头写段子，亚历克丝则带头当小丑——身体喜剧。尽管她的点子不全是那么靠谱（《第七课：制作最容易滑倒的地面——从油到呕吐物》），但她从来不缺灵感。也正如她所说，到了星期五，我们已经拉拢了三十四个学生加入阿亚卡·肯泰喜剧俱乐部——她一直坚持要用这个糟糕的名字。

我已经做好迎接新冒险的准备了。

你知道吗？即便它实际上的确是关于笑话的，但我感觉，不像我生命中的大多数冒险，这一次对我来说，可能不仅仅是又一个笑话。

终

附：卡迈克尔在才艺之夜上准备表演的口语诗完整版。

孤单，在人群中

还是那条街

还是那辆巴士

你

我

这是我们

每个人紧密相连，却又形只影单

有数百万人，而我依然孤立无援

用时间去猜想

用时间去思索

倘若我坠入悬崖，是否有人抓住我

每个人相互勾连，但感觉每个人又都隔断

现在你感觉良好

明天或许轮到我

今天你感觉糟糕

明天或许就是我

痛苦与幸福，高光与低谷都是我们应得的结果

还是那条街

还是那辆巴士

你

我

这是我们

有时候你感觉没人了解自己

但我们无法读取你的思想，你的恐惧，你的梦想，你的计划，你的希冀

说该说的话，让你知道我感到孤单

可以面对面，可以在家里，也可以电话详谈

分享一个问题

也许很难，但不必羞赧

因为有一半的时间

你会感到惊讶

他们说："你说的我也有同感。"

所以在那辆巴士上

或那条街上

尽管我们可能永不相见

你只需知道我并不遥远

不似你今天所感觉的那般

还是那条街

还是那辆巴士

你

我

这是我们

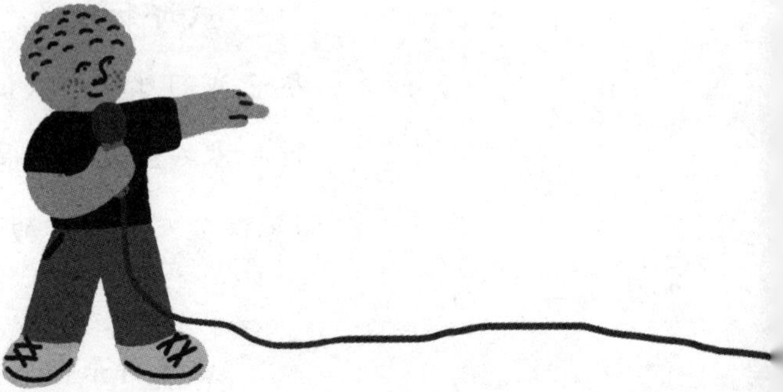

SOMETHING I SAID

图书在版编目（CIP）数据

我所说的话/（英）本·贝利·史密斯著；冯诺译.
—昆明：晨光出版社，2023.3
ISBN 978-7-5715-1697-0

Ⅰ.①我… Ⅱ.①本… ②冯… Ⅲ.①儿童小说－长篇小说－英国－现代 Ⅳ.①I561.84

中国版本图书馆CIP数据核字（2022）第198642号

Wo Suo Shuo De Hua

我所说的话

〔英〕本·贝利·史密斯——著　冯诺——译

出 版 人　杨旭恒

总 策 划　杨旭恒
责任编辑　李　政　常颖雯
插　　画　李雅雯

出　　版　云南出版集团 晨光出版社
地　　址　昆明市环城西路 609 号新闻出版大楼
邮　　编　650034
发行电话　（010）88356856　88356858
印　　刷　固安兰星球彩色印刷有限公司
经　　销　各地新华书店
版　　次　2023 年 3 月第 1 版
印　　次　2023 年 3 月第 1 次印刷
开　　本　145mm × 210mm　32 开
印　　张　11.5
I S B N　978-7-5715-1697-0
字　　数　204 千
定　　价　48.00 元